ポイズンドーター・
ホーリー

かなえ

nato

Daugh

ポイズンドーター・ホーリーマザー

目　次

装幀　鈴木久美

マイディアレスト

有紗《ありさ》のことを、ですか？　解りました。

有紗は六歳下の妹です。仲の良い姉妹だったかと問われると、どう返していいのかよく解りません。もう少し歳が近ければ、一緒に遊んだり、逆に、ケンカをしたりしていたのでしょうが、六歳差では、学校が重なることもなく、母も専業主婦ですから、面倒をみろとか一緒に遊んでやれ、などとやっかい事を押しつけられることもなかったので、良い、悪い以前に、同じ家に住んでいながらもあまり深く接した憶えがないのです。

ただ、うらやましい存在ではありました。

一番目、二番目、という違いもあるのでしょうが、母の接し方は私と妹ではまるで違っていました。二十代で産んだ子、三十代で産んだ子、という違いの方が大きな要因かもしれません。私は物心ついた頃から常に、母から厳しくしつけられていました。しかし、妹に声を荒げる母の姿は一度も見たことがありません。

とはいえ、そういった不満は胸の内に留めないようにしていました。

「私が小一の時にお茶碗を割ったら、ママ、小学生にもなってって怒って、私を家の外に出したのに、有紗が同じことをしたら、大丈夫？　とか言うだけで、注意もしないよね」

　理不尽だと感じたことは、はっきりと口にするのです。

「ママはもう三七歳でしょ。がくっと体力が落ちてしまったのよ。なんだか、怒る気力も湧かなくて」

　母は深く溜息をつきながら言いました。

「でも、今でも、私には怒るよね」

「それは、事の重大さによるからよ。お茶碗を割っても、次から気を付ければいいだけでしょう？　だけど、淑子《としこ》の勉強やお友だちについては、将来にかかわることじゃない。だから、ママはしんどいけど、心を鬼にして怒っているのよ」

　田舎の公立なんだから、上位にいるだけで安心してはダメ。勉強は常に一番を目指しなさい。塾をさぼろうなんて唆《そそのか》す子とは、二度と付き合わないで。

　母の言い分にその時は納得しましたが、六年後、中学生になった有紗が同じことを注意されていたかどうかは解りません。大学進学のため、家を離れましたので。

　東京のT女子大学です。すごくはありません。偏差値的にはT大学も十分に狙えたのに、母から、女子大にしか行かせない、と言われて妥協したようなものです。

　卒業後は化粧品メーカーに就職しました。〈白薔薇堂《しろばらどう》〉です。業界では最大手ですが、今の私には関係ありません。勤務していたのは一年半、とっくの昔に辞めたのだから。

　理由は……。

有紗には関係ありません。ならいい、って、じゃあ、いつの、どの段階の、有紗について話してほしいのか、そちらが最初に指定するべきではないですか？　私の知っている有紗は私と一緒にいる時の有紗なのだから、私だけの話になったからって一方的に打ち切って、そういうことを聞きたいんじゃない、なんて言われても困ります。私に対して失礼だと思いませんか。

有紗がこの家に帰ってきてからのこと？　ですよね、あなた方は有紗の事件について調べているのだから。最初からそう訊けばよかったんです。

有紗が東京から、実家である我が家に帰ってきたのは二週間前です。隣町で一件目の妊婦暴行事件のあった三日後。恐ろしいですよね、夜道で棒か何かで滅多打ちにされるなんて。しかし、赤ちゃんは残念なことになったけれど、妊婦さんは助かったので、有紗よりはマシですよね。

犯人は捕まっていないし、動機も不明で、通り魔的犯行かもしれない、とニュースで言っていたので、有紗も、帰るのはやめようか、と悩んだようですけど、病院も予約しているし、産後はゆっくりしたいからって、予定通り、里帰り出産をするために帰ってきたんです。

両親も、妊婦を狙ったのではなく、被害者がたまたま妊婦だったのかもしれない、などと言い合いながら、有紗が帰ってくるのを止めようとはしませんでした。やはり、初孫の誕生に立ち会いたかったのでしょう。でも、用心はしていました。

有紗はバスで家の近くまで帰ってくると言いましたが、バスは隣町を通過するので、私が新幹線の駅まで車で迎えに行ったんです。

改札から出てきた有紗を見て、驚きました。出産予定日まであとひと月なのだから、それなりに大きなお腹は想像していましたが、あんなにも前にせり出しているなんて。いったい何人詰まっているんだろう、とお腹の中で赤ん坊が何人も変な体勢で折り重なっている映像が頭の中に浮かんできて、吐きそうになりました。

妹のお腹にいたのはたったの一人ですが。女の子だったようです。

私は普通の人より少し、想像力が強いのではないかと、自分では思っているんです。豊か、とは少し意味合いが違います。明るいもの、きれいなものが浮かぶことはまずありませんから。何でもないものでも、脳の奥まで入り込むと、暗く、苦しく、吐いたり、叫び出したりしてしまいそうな映像になって、頭の中に広がっていくんです。

そういうことを周りの人に悟られないように気を付けてはいるのですが、やはり、浮かんだ映像のインパクトが強すぎると、無意識のうちに顔や声に出てしまい、昔からよく気味悪がられていました。弁解したい思いはありますが、頭の中の映像を説明すれば、さらに引かれるはずなので、誤解を受けたまま距離を取られる自分を受け入れているのです。

辛くないと言えば嘘になりますが、もう慣れました。

「気持ち悪いって思ってるでしょ」

有紗の第一声です。頭の中の映像のことは有紗にも話していませんが、薄々感付かれていたのでしょう。そういうところはやはり姉妹だと思います。一応、否定しようかと思いましたが、有紗の表情にまったく不快感が見られなかったので、否定も謝罪もせず、聞こえなかったふりをして、荷物を受け取りました。むしろ、有紗は膨らんだお腹に慄《おのの》いている私をおもしろがっていたんじゃないでしょうか。

軽自動車だからか、後部座席にすればいいものを、有紗は助手席に乗ってきました。案の定、シートベルトはいっぱいに伸ばしても嵌《はま》りません。妊婦だとルール違反にならないそうですね。妹から聞いて初めて知りました。だけど、妊婦こそベルトが必要ではないですか？

駅から自宅まで途中で高速道路を通過して四十分、ブレーキを踏むたびに、妹が前につんのめってお腹が押しつぶされるんじゃないかと不安になり、それに伴っておかしな映像が浮かんで、家に着いた頃には、冬だというのに冷や汗で脇や背中がびっしょり濡れていました。どんな映像かというと……。

いらない？　そうやって人の話を突然遮《さえぎ》るの、本当にやめてもらえませんか。事件に関係あるかないか、そちらで一方的に判断しているんでしょうけど、基準は何ですか？　見当違いな取捨選択をするから、大事な情報を聞き逃して、犯人逮捕が遅れてしまうのではないですか？

もし、一件目の事件の際に聞き込みをもっと徹底していれば、有紗の被害は防げたんじゃあないですか？

私は落ち着いています。有紗が帰ってきた続きを話せばいいんでしょう？

まずは普段の我が家の様子から。私は化粧品メーカーを辞めたあと、しばらく東京で派遣の仕事をしていましたが、両親の要望でこちらに戻り、母の知人に紹介された職に就きました。眼科医院の受付です。有紗が大学進学と同時に家を出てそのまま就職、結婚をしたので、十二年間、両親と私の三人で暮らしていることになります。

父や私が仕事に出ていた頃は、かなり規則正しい生活を送っていました。朝食は午前六時半に三人揃って、夕食も午後七時からできる限り一緒にとっていました。食後はテレビを見ながらの団欒です。とりたてて楽しいことはないけれど、ケンカもなく、穏やかな日々を過ごしていたのです。

有紗は東京の洋服屋で働いていました。盆や正月の前後には必ず家に帰ってきましたし、何でもない時でもひょっこりと、旅行帰りに寄った、などと言いながら顔を見せることもよくありました。その際、男性を連れてくることも何度かありました。

初回は大騒ぎでした。親に会わせるというのだから、当然、結婚を前提に付き合っているのだろうと、両親も私もその心構えで準備をし、当日、父はスーツ姿で出迎えました。なのに、結婚の「け」の字も出ないまま、楽しく過ごして東京に戻っていったのです。

どういうつもりで交際しているのか有紗に電話で確認した方がいい、と私は母に強く言いました。しかし、

「有紗も子どもじゃないんだから、ちゃんと考えていることはあるんでしょうよ」

母はこちらからは何もしない姿勢を示しました。

一度目は様子見だったのかもしれない、と私からも有紗に訊ねるのは控えました。すると彼女は半年後にまた、男性を伴って帰省したのですが、何と、前回と違う人だったのです。父も母も今度こそ正式な挨拶があるのではないかと、近所の仕出し屋に祝い膳まで注文していたというのに。いきなり鯛で迎えたその男性からも、結婚の挨拶が出ることはありませんでした。

いよいよ、妹に確認するなり、お説教の一つなり必要ではないかと母に問うてみたのですが、母はそれにも首を振るばかりでした。

「時代が違うのよね。昔は、交際相手を親に紹介するイコール結婚、だったけど、有紗にとっては友だちを招待している感覚なんでしょう。中学生の頃からよく連れてきていたもの」

「友だちってことはないはずよ。だって……」

母に続きを言えなかったのは、卑猥な言葉を口にしたくなかったからです。セ……、性交です。私たち姉妹は個別に部屋を持っていました。妹の部屋も、結婚するまではと残していたのです。しかし、もともと十二畳あった洋間を天井まで届く本棚で仕切っていただけなので、互いの部屋の音は筒抜けでした。

妹もそれは解っているはずなのに、一人目とも、二人目とも、声を抑えもしないでそういうことをしていたのです。もしかすると、階下の部屋で寝ていた両親にも聞こえていたかもしれません。それなのに、結婚の挨拶をしないまま帰っていくことを容認しているのです。

私がこちらに帰ってきたばかりの頃は、男性から電話がかかってきただけで、娘とはどういう関係なのか、そちらはどういった仕事をしているのか、などと私に確認する前に、相手を問い詰めていたというのに。もちろん私も厳しく釘を刺されました。

結婚前にはしたない真似をするのは、絶対に許さない、と。

特に、結婚より先に子どもができるなど、母にとっては許しがたいことで、もしそうなれば、親子の縁を切られるどころか、殺されかねないとすら思っていました。テレビのワイドショーで芸能人の「できちゃった婚」が取り上げられただけで、それはもうすごい剣幕で、こんなことをよくもまあ堂々と発表できるものだ、と怒り出すのです。

母は芸能人を責めているのではない、私に釘を刺しているのだ、ということはすぐに理解できました。新聞広告の週刊誌の見出しに「できちゃった婚」とあるだけで、私の胸はざわつきました。母の顔が般若《はんにゃ》のように変化して、私に喰いかかろうとする映像が頭の中に浮かび、酷い時には頭痛まで伴いました。

そんな日は一日中仕事が手に付かず、職場の人たちから「使えない奴」と陰口を叩かれるようになったのです。

なのに、有紗は「できちゃった婚」なのです。

今年の春も、彼女は男性を連れて家に帰ってきました。めずらしく、一週間前に、紹介したい人がいると連絡があったものの、両手で数えきれないほど裏切られたあとでは、両親も私も、いつものことかとまったく気負わず、特別な準備もせず待っていたのです。

二年前に六五歳で定年退職した父などは、昼過ぎに到着した二人をパジャマ代わりのスウェット姿で迎えたほどでした。夕飯も、質より量でもてなすことを重視した焼肉でした。その席で妹はまったく箸を手に取ろうとせず、青い顔をしながら何度か洗面所に駆け込み、先に言っておけばよかった、と鉄板を恨めしそうに横目で見ながら、妊娠していることを家族の前で打ち明けたのです。

息を飲んだのと、般若の顔が思い浮かんだのと、どちらが先だったでしょう。恐ろしくて、母の顔を見ることができませんでした。父は顎が外れたかのように口をあんぐりと開けていました。ちゃぶ台をひっくり返して相手の男に殴りかかっていくようなタイプではありません。むしろ、それをやるのは母だと思っていました。しかし、

「あら、まあ、そうなの……。じゃあ、先に結婚をしておかないといけないわね」

動揺している口調ではあるものの、まったく怒り出す気配はなかったのです。それどころか、相手の男性は、うっす、とヘラヘラと頭を掻きながら、ろくに挨拶もできないというのに、

「ふつつかものですがよろしくお願いします。あら、これは、親の台詞だったかしら、プロポーズを受ける時の台詞だったかしら」

などと頬を染めながら返しているのです。お祝いをしなくちゃ、と食事の途中にもかかわらず、私に近所の酒屋でシャンパンを買ってくるよう言いました。

「ノンアルコールにしてくれなきゃ困るじゃない」

すでにビールを飲んでいたので、歩いて重いボトルを提げて帰ってきたというのに、有紗に文句を言われ、グレープ味のサイダーでもいいから、と母に頼まれてもう一度酒屋に行きました。

二往復すると頭がずきずきと疼《うず》き出し、自分が買ってきたというのに、私は乾杯をすることもなく、自室のベッドで寝込んでしまいました。

頭の中では般若が笑っていました。般若なのにどうして笑っているのか理解できません。しかし、理解できないままだと頭痛は悪化していく一方なので、横になったまま深呼吸を繰り返し、理不尽な状況についてゆっくりと考えました。

きっと、お茶碗と同じことなのだ。母はエネルギーがあるときは怒るけれど、エネルギーが低下している時は、将来に悪影響を及ぼすことでなければ怒らない。できちゃった婚により、有紗は結婚して子どもを授かる。母は孫を授かる。悪い予感は何一つない。なるほど、だから怒らなかったのか。そして、お祝いをしているのか。

納得できると、食後の団欒の席には参加することができました。義理の弟になる正宗《まさむね》くんとは、ビールで改めて乾杯をしました。石窯で焼くピザが有名なイタリアンレストランでコックをしている、と正宗くんは両手を広げて見せてくれました。

「華奢《きゃしゃ》な見た目に似合わず大きな手をしているのね。でも、すごくきれい。まあ、生地をこねているからなの。淑子も触らせてもらったら?」

母に促され、正宗くんの手のひらを右手の人差し指で三センチほどなぞりました。見た目よりもつるつるしてるな、と感じた程度なのに、その夜、布団に入ると右手の人差し指の先だけが熱を帯びているようにずきずきと疼きました。

どうしたのだろう、と考えるうちに、指の先が緑色に腐って溶け始め、次第に手から腕へと広がっていき、二の腕あたりでボトリと千切れ落ちる映像が頭の中に広がり、悲鳴を上げてしまったのです。

　しかし、誰も様子を見に来る気配はありませんでした。眠りながら無意識のうちに悲鳴を上げることが日常的にあったのかもしれません。気を取り直して目を閉じると、再生した手がまたもや右手の人差し指の先から腐っていきました。

　原因を突き止めなければ。落ち着け、落ち着け、と自分に言い聞かせ、何故、指が腐るのかを考えました。正宗くんに対して自分で思う以上に嫌悪感を抱いているのか、その真逆の感情なのか。どちらでもないと思いました。

　答えを見つけ出せないまま、五回目に腕がもげ落ちたとき、般若の笑い声が聞こえました。男に触れてみろ、と歯をむき出して笑っています。

　やめろ、やめろ、おまえじゃないか。おまえが男に触れるのは汚らわしい行為だと、私に呪いをかけたのではないか。呪いをかけたその声で、今度は私を唆し、腐らせようというのか。

　……すみません、妹とまったく関係ない話ですね。こういう時こそ、ちゃんと遮ってくれないと困ります。それとも、私の言葉の中に、事件解決のヒントになるようなことがありましたか？

　それよりも、質問は何でしたっけ。

　そうそう、有紗が帰ってきてからについてでした。

　現在、我が家は誰も働きに出ていません。しかし、母は毎朝六時に起きて、食事の支度をしています。父が食卓につくのは、だいたい午前八時をまわってからですが、そういうことは関係なく、自分の生活ペースを変えたくないんでしょうね。一人で六時半に食べて、八時までには洗濯や庭の掃除を終わらせています。

父は銀行員だった頃と真逆の生活を送っていました。のんびりと食事をとって、新聞を読んで、テレビを見て。退職直後はそのまま一日が終わってしまうこともよくありましたが、さすがに退屈になったのか、ここ数カ月は盆栽に凝っていました。

我が家は毎日夏休みだ、なんて言っちゃって。

そんな父のことを、私はとやかく言える立場ではありません。無職の状態が二年以上続いているので。おまけに低血圧なものだから、朝食を食べるためだけに無理して早起きしなくていいだろうと、いつもお昼前まで寝ていました。

でも、半年前からは、毎朝七時に起きるのが日課になっていたんです。

有紗が帰ってきた翌朝、台所に向かうと、笑い声が聞こえてきました。朝からこんなに賑やかなのは何年ぶりだったか、思い出すこともできませんでした。ドアを開けると、母と有紗、父までもダイニングテーブルについていました。

湯気を上げるご飯とお味噌汁。鮭の塩焼きと卵焼き。できたての卵焼きはこんなに甘い香りだったのか。たまには朝食をとってみるのもいいかもしれない。

そんなふうに、穏やかな気分で朝を迎えることができたのです。

「お姉ちゃん、おはよう。先にいただいてる」

昔からの定位置の席についていた有紗が、茶碗を置いて、飛び出たお腹のために後ろの食器棚すれすれまで引いていた椅子を、前に寄せようとしてくれました。なのに、

「有紗、いいの。お姉ちゃんは朝ご飯食べないから」

妹の正面に座っていた母が私の方を見もせずに言ったのです。

一夜にしてできあがった妹中心の世界。ならば、私も交ぜてくれればいいのに、のけものです。以前なら、辛い映像がすぐに浮かんできたはずですが、その程度なら乗り越えられるようになっていました。

心強い味方がいたからです。

「スカなら、庭にいるぞ」

ダイニングテーブルの下を覗き込む私に、父が新聞を広げたまま言いました。

「何で！　誰が勝手に外に出したの？」

「新聞を取りに行く時に、あいつの方から出て行ったんだ。いいじゃないか、楽しそうに飛び跳ねてたぞ」

「ダメよ、ガラの悪いのがその辺をうろついてるのに」

父の相手をするのももどかしく、勝手口のドアを開けました。すると、スカーレットがこちらを向いて、澄ました顔をして座っていたのです。私の顔を見て安心したのか、ぐるると喉をならして、悠然とした足取りで中に入り、冷蔵庫の横にマットを敷いた食事スペースへと向かいました。

「すぐに用意するからね」

私は冷蔵庫横の戸棚からキャットフードの袋を取り出して、スカーレットの皿に入れてやりました。外で走り回っていたのか、いつもよりも速いペースでスカーレットはカリカリコリコリと音を立てながら食べていました。

「そういや、猫飼い始めたってママが教えてくれたっけ」

有紗がスカーレットを眺めながら、私に言いました。

「かわいそうな余りものだったんでしょ。だからって、スカって名前はどうかな」

からかうように笑いながらです。

「スカーレット」

私は彼女に一音ずつ確実に聞き取れるように言いました。ペットとはいえ、誰がスカなどと好んで付けるというのでしょう。そうではないと解っているのに、揶揄《やゆ》できそうなことを瞬時に口にできるのが、有紗という子です。

しかも、訂正されても、悪びれた顔一つしません。それどころか、

「なるほどね。お姉ちゃんが付けそうな名前だわ。でも、次の食事から別の場所であげてくれない？　動物の毛って、赤ちゃんにいかにも悪そうでしょ」

などと難癖をつけてきたのです。

「なん……」

なんであんたに指示されなきゃいけないの？　ここは私の家であって、あんたは出て行った人

間じゃない。そう言い返してやるはずだったのに、

「そうよね」

母の一言で遮られたのです。

「食事をする場に毛が飛ぶのは不衛生だわ。有紗が帰ってくる前に気付けなくてごめんなさいね。淑子、外にえさ場を作るか、あんたの部屋であげるかしたら?」

外で食事をさせるなんてとんでもない。えさの匂いにつられて野良猫がやってきます。スカーレットは気性の穏やかな子なので、攻撃されるに違いありません。私はその場でスカーレットを抱き上げて、二階の自室へと連れて行きました。

スカーレットを部屋に入れて、再び台所に降り、スカーレット用の食事セットをすべて部屋に運びました。食事は台所でとるものだと思い込んでいたので、スカーレットの食事場も当然のようにそこに作りましたが、初めから、私の部屋にしておけばよかったのです。

そうすれば、一緒に寝ていたスカーレットが早起きをして、勝手にドアを開けて台所へ降りていくのを、眠い目をこすりながら追いかけずにすんだのに。とは思ったものの、食事のあとに庭で遊ばせてやらなければならないので、結局は同じことなのですが。

しかし、スカーレットのためなら早起きなど何の苦でもありません。

おかしな映像や頭痛のせいで、私は一つの仕事を長くても一年くらいしか続けることができませんでした。それでも、三、四年前まではすぐに次の働き口を見つけることができていたのに、不況のせいか、私に見合った仕事がまったくなくなってしまったのです。

両親からはそれほど厳しく働くことを促されなかったので、家事の手伝いをしながらのんびりとした毎日を送っていました。それでもやはり、外の世界とのつながりは大事だろうと、夕飯の買い物は私の担当にしてもらい、ほぼ一日置きに、国道沿いの大型スーパー〈サンライズ〉に出かけていました。

明るい照明、季節を先取りしたお洒落なディスプレイ、軽快な音楽。店内に入ると、自然と気分が高まり、家でたまったもやもやとした気分を吹き飛ばすことができました。

ほぼ一日中家にいるのだから格好なんてどうでもいい、と思っていても、〈サンライズ〉に行くと、新色の口紅が目にとまったり、かわいらしいアクセサリーに手が伸びたり、自分が女であることを認識させてくれるのです。

しかし、ある時から、何度〈サンライズ〉に通っても、長時間い続けても、気分が晴れることはなくなってしまったのです。

右手の人差し指から緑色に腐っていく映像が頭の中に繰り返し浮かび続けるようになってからは——。

映像は〈サンライズ〉にいるあいだも頭の中に広がっていきました。するともう買い物どころではなくなり、品物を入れたカゴを乗せたままのカートをレジ脇に寄せ、洗面所に駆け込んで、映像がどうにか薄れていくまで手を洗い続けるのです。

一息ついて、洗面所を出たところに、掲示板がありました。特売のチラシの他に、手作りのチラシも数枚張られていました。

合唱団員募集、図書館まつりのお知らせ、フリーマーケット参加者募集、そういったものに混じって、子猫の里親さん募集、というチラシがありました。

子猫が四匹写った写真が添付されており、かわいくて、つい立ち止まって見入ってしまいました。ペットを飼った経験はありません。しかし、昔から動物は好きでした。そういえば、とまだ小学校に上がる前のことを思い出しました。

近所に住む友だちの家で飼っている猫が子を産み、まだ目が開いたばかりの子猫を触らせてもらった時のふわふわと柔らかい毛の感触。見た目は真っ白な雪の塊みたいなのに、膝に乗せると温かく、からだ全体を白くて柔らかい毛布で覆われているような映像が浮かんできて、とても満たされた気分になれました。

この子が欲しいと思いました。淑子ちゃんにもらってほしいとも言われました。遊びに行く前に子猫のことを母に話した際、わたしも子どもの頃飼っていたのよ、と三毛猫のミーちゃんの話を懐かしそうに語っていたので、きっと反対されることはないだろうと、喜び勇んで家に帰り、母に猫を飼ってもいいかと訊ねました。

答えはノーです。仕方のないことでした。

「もうすぐ赤ちゃんが生まれるのに、ひっかいたりしちゃ困るでしょ」

赤ちゃんが生まれるのを心待ちにしていたのに、その日以降、母の膨れたお腹を見るたびに、ざわざわと胸騒ぎがするようになったことも、思い出しました。

唯一の幸せな映像が猫だったことから、飼ってみようかと考えました。遠慮しなければならない存在はなく、両親どちらも賛成してくれました。

せっかくならペットショップで買いましょうよ、と母から提案を受けて、パソコンで検索してみたのですが、ピンとくる子はなく、頭の中には常に掲示板のチラシの子猫たちの姿がありました。

濃い茶トラ、薄い茶トラ、白地に茶ブチ、白、の四種類でした。茶色が入った子たちはどれも丸顔で耳が大きく、どんぐり眼、ピンク鼻のかわいらしい顔をしていました。しかし、白だけが、ねぼけたような目で、おまけに鼻が半分だけ黒く、遠目からだと鼻クソをつけているように見えるのです。

しかも、白だけがメスでした。しかし、頭の中に四匹の子猫が現れた際、白だけが私に向かって甘えてくるのです。膝に乗り、私を見ながらゴロゴロと喉をならし、気持ち良さそうに眠る。

そしてある日、決定的なことが起こりました。〈サンライズ〉の掲示板を見に行くと、白以外の三匹の顔に、里親さん決定、と書かれたシールが貼られていたのです。唯一顔を隠されていない白い子猫がじっと私を見つめているように感じ、その場で携帯電話を取り出して、チラシに記載してあった番号を押したのです。

白い子猫は写真では欠点ばかりが目立っていたものの、対面すると、まずはやはりまっ白な毛に目を奪われ、そのうちに、トロンとした目は憂いを帯びたように、半黒の鼻は魅惑的な黒子《ほくろ》のように見えてきて、とても高貴な姿に映ったのです。

それが、スカーレットです。

すみません。今度はいつのまにか猫の話になってしまいました。

有紗はスカーレットをどう扱っていたか？　食事こそ台所でさせるなと言いましたけど、あとは特にお話しするようなことはありません。

手を伸ばせば届くところにスカーレットが丸まっていても、無視してテレビや漫画を見ていることもありましたし、かと思えば、私の部屋までやってきて、スカーレットを抱き上げて、居間に連れて行ってしまうこともありました。

妊婦は精神が不安定になりがちだと聞いたことがあるので、妹も何かしら気分が落ち込んだときだけ、スカーレットに癒されたかったんじゃないでしょうか。

特に、有紗が帰ってきた一週間後、また隣町で妊婦が暴行を受けたじゃないですか。被害者は意識不明なんですよね。赤ちゃんは助からなかった、とか。さすがに二件目が起きれば、明らかに妊婦が狙われたと誰もが思いますし、マスコミもそんなふうに煽り出したので、妹は散歩にすら出ず、一日中家にこもるようになり、尚更、ストレスがたまっていたはずです。

それなのに、どうしてあの日に限って、しかも夜、出て行ったのか。

あの日の三日前に、妹は産婦人科で検診を受けたんです。私が車で送ってやりました。診察室の中までは付き添わなかったので、直接、医者からどんな指導を受けたのかは解りません。

「あまり赤ちゃんが降りてきていないから、しっかり歩きなさいって言われちゃった」

帰りの車の中で妹はそう言っていました。だから、それまでは、急に食べたくなったものがあれば、私に買い物を頼んでいたのに、あの夜は自分で歩いて行ったんじゃないかと思います。

連続暴行事件が起きているのは隣町だし、たとえ夜でも、家から歩いて十分程度のところにあるコンビニなら大丈夫だと思ったんじゃないでしょうか。だからといって、近道をしなくてもよかったのに。

売り出し中の住宅造成地など、かえって、妊婦を狙う不審者が潜んでいるはずはないだろう、と妹なりに考えてのルートだったのでしょうか。

あの日、両親は親戚の法事のために、朝から出ていました。一泊する予定でしたが、私が警察からの連絡を伝えると、その夜のうちに帰ってきました。新幹線の最終便に間に合ったようです。妹が発見された時にはすでに息を引き取っていたので、翌日になったとしても、同じことだったんですけどね。

あの夜、私は妹が出て行ったことを知りませんでした。気付いていたら、どこに行くのかと訊ねることができたし、買い物なら代わりに行ってあげられたし、歩くのが目的なら一緒に付き合ったのに。せめて、ひと声かけてくれていたら……。

あんな悲劇は起こらなかったはずなのに。

有紗の気配がしないな、と不審に思ったのは、お風呂から上がったあとでした。脱衣場に置いてある妹用のバスタオルが折りたたんだままあったので、先に入ったことを伝えておこうと居間や客間を覗きにいくと、姿がなくて。

そうです。有紗の部屋はもうないのです。

結婚後、本棚を移動させて、両方を私の部屋にしたのです。もちろん、妹の同意を得ていました。なので、里帰り出産用の妹の部屋は客間に用意していたんです。私の部屋を半分片付けて、という案もあったのですが、あれだけお腹がせり出すと、足元が見えにくいらしく、階段からの転落防止のためにも一階の方がいいと母が提案したんです。

産後は妹もしばらく寝たきりになるから、食事を運んだりするのも便利だろう、と。

だから、あの夜、私は二階の自室にいて、てっきり妹は一階の居間でテレビを見ているか、客間で横になっているかだろうと思っていたんです。

台所やトイレも探しました。もしや、産気付いて倒れているのでは、とテーブルの下もしっかりと覗きました。有紗、有紗、と名前も呼びました。庭かガレージかもしれない。車に何か忘れ物でもしたのではないか、と思いつき、玄関に向かいました。その時、電話が鳴りました。この町の警察署からで、有紗のことを聞かされたんです。

あなた方は県警の刑事さん、でしたっけ？

妹のケータイ、まだ見つかっていないんですよね。バッグから財布もなくなっていたしか。母子手帳は残っていたから、すぐに連絡をいただけたんですよね。

家の電話の着信履歴で、私が電話を取る前にも一度、同じ警察署から電話がかかってきていたことが解りました。ちょうどお風呂に入っていた時間です。

その前、ですか？　だから、二階の自室にいました。何をしていたか？

スカーレットの蚤取りをしていました。

蚤取りをしていました――。

＊

生後二カ月で我が家にやってきたスカーレットは母親が恋しいのか、とかく、私の膝の上に乗ってきた。太もものあいだに顔をうずめるようにして丸くなり、首元を撫でてやると、ゴロゴロと喉をならしながら顔を私の手にこすりつけ、そのうち、こてんと眠りに落ちる。

手を櫛のようにして白く柔らかい毛の中に入れ、温かい体をわしわしと撫でるのが、私のお気に入りだった。指先の温かい感触がたまらなく心地よく、スカーレットに触れているあいだは、指先が腐っていく映像は頭の中に浮かばなかった。

スカーレットは私の守り神。

しかしある日、いつものようにスカーレットの体をまさぐっていると、右手の人差し指の先に違和感を覚えた。ゴミでもついているのか。イボのようなものでもできているのか。スカーレットの体に押し当てていた指をゆっくり外すと、三ミリほどの楕円形の黒茶色いかたまりがつっと動いて、毛の中にもぐりこんでいった。

蚤だ。幼稚園の時の友だちの家で見た憶えがあった。友だちのお姉さんは膝の上に猫をあおむけに寝させ、両手で腹をまさぐっては黒いかたまりを指先で捉え、両手の親指の爪で挟んでプチンとつぶしていた。

「蚤は猫の血を吸うし、痒くなるし、酷い場合は病気になることもあるから、こうやって取ってやらなきゃいけないの」

お姉さんはそう言って、私の目の前で猫の腹をまさぐっては蚤を見つけてつぶし、あっというまに五匹ほど退治した。すごいと感心したのは、お姉さんがほとんど指先を見ていなかったことだ。人と目を合わせるのが苦手な私とは違い、お姉さんは私と話す時にはじっとこちらの目を見てくれていた。なのに、指先はプチンと蚤をつぶしているのだ。

「慣れると、指先の感覚だけで解るんだ」

お姉さんはさほど得意げな様子もなくそう言っていたので、スカーレットの蚤を指先で察知したことに気付いても、そこから、おかしな映像に発展していくことはなかった。余計なことは考えず、指先に神経を集中させて、一匹つぶすごとに爽快感を得ることができた。

特に、卵で腹をパンパンに膨らませた蚤は、つぶした瞬間、プチンと腹がはじける音まで聞こえてくるのが心地よかった。親指の爪に飛び散った一ミリ程度の長さしかない卵も一つずつつぶしていく。孵化するのを防ぐためだ。プチ、プチ、と膜が破れるような感触が、ちゃんと中身が入った卵であることを実感させてくれる。

しかし、腹と卵をつぶしたからといって満足してはならない。つぶれた腹を引きずるようにして蚤は指先から逃れようとする。生命力の強さに驚き、感動すら覚えながらも、ゆるりと移動する蚤をつかまえて、頭をプチン、とどめを刺す。

蚤取りに夢中になって、あおむけにしたり、ひっくり返したり、毛をもみくちゃにまさぐったりしても、私にすべてを委ねるように、されるがままになっているスカーレットを見ると、愛おしさが込み上げてくる。

スカーレットは私の娘、いや、分身だと信じていた。


刑事に話したことを冷静に思い返してみると、確かに、長く話していた割には、有紗のことについてあまり触れていなかったと気付く。意図的に避けようとしたわけではないのだが、思い出したくないことや、他人に話したくないことを、無意識のうちにガードしようとしていたところはあるのかもしれない。

有紗はいったい何のために家に帰ってきたのだろう、と今更ながらに思う。産婦人科の病院など、東京の方が充実しているはずだし、世話が必要なら、母がしばらく有紗のところに行けばよかったのではないか。

この家はまだ有紗のものでもあるかもしれないが、この部屋は彼女のものではない。なのに当たり前のような顔をして入ってきて、本棚を勝手にあさっていた。しかも、私がスカーレットを庭で遊ばせている時にだ。

一日中家の中に閉じ込めておくと、スカーレットは退屈だろうし、蚤がつかないので私も退屈になる。そのため、毎食後、一時間ほど庭に出してやることにしている。しかし、スカーレットだけということはない。この辺りは野良猫が多く、スカーレットが遊んでいるところに乗り込んできては、フーッと威嚇して、スカーレットを庭の隅に追いやってしまうふとどきものが後を絶たないからだ。

夜、二階の自室でスカーレットの蚤取りをしながらテレビを見ていると、有紗がノックもせずに入ってきた。

「本借りてたの」

有紗はそう言って本棚に三冊、戻していった。

「『眩暈の予感』、『嵐の記憶』、『薔薇の傷痕』……。ミステリかと思ってたら、なんていうの？ロマンス小説？　そういうのでびっくりしちゃった。まあ、表紙で気付けよって感じだけどね。笑っちゃうくらいヤリまくってるよね。ケンカ、セックス、仲直り。誤解、セックス、結婚。記憶喪失、セックス、記憶が戻って、ハッピーエンドにまた、セックス。バカじゃないの？　って思うけど、退屈しのぎにはアリかな。次はどれにしよう。お姉ちゃんのお薦めは？」

平気な顔をして答えられるはずがなかった。本が読みたいなら、どうして先に私に訊かないのか。

「『シンデレラの罠』とか」

スカーレットを撫でながら、同じ棚に並べてある小説のタイトルを挙げた。

「それってミステリじゃん」

つまらなそうに有紗は答えた。最初からミステリ小説とロマンス小説の区別はついていたのだ。私をからかって楽しんでいるだけ。

「でもさ、ロマンス小説も、もう少し現実的な設定にしてほしいよね。わたしが読んだのって、主人公、全員、処女なんだから。しかも、三五歳、キャリアＯＬ、なんてあり得ないでしょ。初めてだったのか、って相手の男も引いているのかと思いきや、感動してるんだから、ないわー、って思うよね」

「……こら、スカーレット、動いちゃダメ」

スカーレットは私の膝の上で伸びきっておとなしく寝ていたが、蚤取りに専念しているふりをした。

「ってか、蚤の除去剤とか使ったらいいのに。スーパーで普通に売ってるでしょ」

「まだ子猫なのに危ないわよ。ネットに、除去剤で死んだっていう書き込みもあるんだから」

「もう子猫じゃないとは思うけど、まあ、いっか」

妹は再び本棚の物色を始めた。適当に数冊持っていけばいいのに、ロマンス小説のタイトルをいちいち読みあげている。

「コンセプトがいまいち解らないんだよね。女性向けのエロ小説なんだから、読む側としては主人公に自己投影したいわけでしょ。ハンサムな御曹司とか、現実では絶対に出会うことないって解っていても、やっぱいいなあって思っちゃうし、俺のキスですべて思い出させてやる、なんて旦那に言われたら、頭でも打っちゃったの？　って思うけど、御曹司ならキュンときたりもするし。でも、処女はないでしょう。三五歳、処女なんて、今までどんな生活送ってきたらそうなるの。逆に、処女じゃないといけないわけ？　ってムカついてきたりもするし、おかしいって思わない？」

有紗はそう言って私の正面に座った。くりくりとした目でこちらを見ていたが、私は蚤取りに集中しているふうに指先から視線を外さなかった。

「もしかして、わたしが勘違いしてるだけで、世の中、三〇過ぎの処女がわんさかいたりするのかな。ニーズがなきゃ、書くはずないもんね。うわあ、そういう人が、いつかわたしも御曹司と、なんて思いながら読んでるんだ。気持ち悪っ……って、まさか、お姉ちゃんもじゃないよね」

有紗がバカにするような目で私の顔を覗き込んだ。茶色がかった瞳が蚤の腹のように見え、指先が疼いた。不穏な空気を察知したのか、スカーレットがニャオンと鳴いた。おかげで溜息をつくように、言葉を吐くことができた。

「いい加減にして」

「ゴメン。いくら何でも、だよね。でも、ここ四、五年くらいはご無沙汰なんじゃないの？　肌がかさついちゃってるよ」

有紗は笑いながらそう言うと、本棚から適当にロマンス小説を二冊抜き取り、部屋を出て行った。二冊のうちの一つは、四〇歳の女性が主人公だ。厳格な両親に育てられ、女としての歓びを知らぬまま、職場と家を往復するだけの日々。しかし、ある嵐の夜、ケガをして道端に倒れている記憶喪失の男と出会って、彼女の人生は劇的に変化する。男の正体は、とある小国の皇太子だったのだ。

ああ、わたしはあなたと出会うために生まれてきたのね――。

私が心ときめかせて読んだ物語を、妹は思い切り笑い飛ばすのだろう。

四〇歳で処女なんて、あり得ない、気持ち悪い……。

一人の男と一年も続かず、とっかえひっかえ誰とでも寝ることができる女に、バカにされる筋合いはない。くだらない男ばかり連れてきていたくせに、何様のつもりでいるのだろう。

私が妹より劣っているところなどどこにもない。六歳分老けているというだけで、顔もスタイルも、何一つ負けてはいない。美人とまでは言えないが、こういう顔が好きだと言ってくれる人はいた。映画に行こう、食事に行こう、と誘ってくれた人もいた。

携帯電話など存在しなかった十代の頃、男の子からの電話を、母は私には取り次いでくれなかったのに、妹には取り次いだ。

町の図書館に同じクラスの男の子と二人で行ったことを知られ、みっともない、恥ずかしい、などと人格を否定するような言葉を一晩じゅう浴びせられたのに、妹が男の子と二人でカラオケボックスに行く時には、小づかいまで持たせていた。

私には女子大しか許可してくれなかったのに、妹は当たり前のように共学に行った。

私は四年間女子寮に入れられたのに、妹は普通のワンルームマンションに住んでいた。

帰省するたびに、まさかおかしな男と付き合っていないでしょうね、親を裏切るようなマネをしていないでしょうね、と釘を刺し続けられていたのに、妹はどんなにくだらない男を連れてきても、小言の一つも言われなかった。

親の言いつけを守り続けているうちに、男性どころか、他人とまともに会話をすることすらできなくなってしまっていた。

それでも優しい言葉をかけてきてくれる人はいたのに、母は全力で蹴散らした。収入が低い。礼儀作法がなってない。

有紗の夫など足元にも及ばないほど、ちゃんとした人たちばかりだったのに。

先に生まれたか、後に生まれたか、それだけの違いではないか。

母のきまぐれ、それだけの違いではないか。

それなのに、母でさえも私をバカにした。


二件目の妊婦暴行事件が起きた直後だった。

夕飯のあと、〈サンライズ〉で牛乳を買うのを忘れていたことを思い出し、コンビニに買いに行こうと玄関で靴を履いていた時のことだ。

「待って、わたしもプリン食べたくなったから、一緒に行く」

台所から妹が出てきたすぐあとを、母が追ってきた。

「ダメよ、物騒な事件があったばかりなのに、やめておきなさい」

言われて靴を脱ごうとしたら、何で？　と首をひねられた。

「淑子は大丈夫でしょう。妊婦じゃないんだから。有紗の欲しいものも買ってきてあげなさいよ」

たとえ妊婦でないとしても、女一人で夜道を歩くのだ。気を付けてね、の一言くらいあってもいいのではないか。

「ママだって妊婦に間違われるかもしれないからね。私が行くしかないか」

小太りの母にそう返したのが、せめてもの反撃だった。しかし、プリンは家族の人数分買った。母はカラメルソースが苦手なので、母の分は生クリームがかかったものにした。それなのに、家に帰ると、台所からこんな会話が聞こえてきた。

「お姉ちゃんって、ちょっとおかしくない？」

「やっぱり有紗もそう思う？」

「なんか、ピリピリしてる。なのに、猫だけはものすごく可愛がっていて。一日中、蚤取りしてるのなんて異常じゃない？」

「役割が欲しいのよ。頭はいいのに要領が悪いから、何の仕事も続かなくて」

「じゃあ、結婚すればいいのに。お見合いの話とか、誰か持ってきてくれないの？」

「何件もあったわよ。でも、どれも会わずに断ってばかり。理想が高いのよ」

「御曹司が現れるのを待ってる、四〇歳の夢見るショージョだもんね」

「有紗はちゃんと結婚して、赤ちゃんももうすぐ生まれるっていうのに……」

「もしかして、お姉ちゃんって、更年期じゃないの？　若年性更年期って最近よく聞くじゃん。サプリとか飲んでみたらいいのに」

「ううん、もっと深刻な病気なのよ。きっと、今に始まったことじゃない。だから、少しくらいおかしなところがあっても、許してあげて」

二体の般若が笑い合いながら私を中心にぐるぐると走り回っている。徐々にスピードがあがり、般若の姿を捉えることができなくなる。頬から緑色のどろりとした液体が流れ落ちる。般若が溶けているのかと思いきや、腐っているのは私の方で、すでに体は溶けてなくなり、緑色の沼に首だけが浮いている。

耳をふさいで部屋に駆けあがった。

私が病気？　結婚していないから？　処女だから？　——ふざけるな！

くずれおちる私の膝に乗ってきたのは、スカーレットだった。心配そうに私を見上げていた。

膝が温かい。スカーレットの体温を感じながら、緑色に溶けていた私の体は徐々に元の形を成していった。

白い毛に指先を忍ばせ、ゆっくりとまさぐると、指先に異物を感じた。

蚤だ。茶色い腹をパンパンに膨らませている。

親指の爪でプチリとつぶす。爪一杯に白い卵が飛び散った。一つ一つをつぶしていく。

卵、卵、なぜ卵ができる。この蚤ですら、雄と交わったからだ。

私は蚤以下なのか。いや、そうではない。自分を安売りせず、正しく生きてきた、清らかな生物だ。

蚤の頭をつぶす。

「害虫は取り除いてやるからね」

スカーレットはぐるると喉をならし、私の膝の上で寝息をたてた。

本やプリンのことでは腹が立ったが、その後は特に、有紗とは何の問題もなかった。家族の中では私が一番車の運転が上手いので、通院など、頼ることも多くあり、えらそうな態度をとれる立場ではないことを自覚したのだろう。

医者に歩けと言われてからは、一緒に散歩をしてほしいと甘えてくることもあり、コンビニに行く程度なら付き合ってあげるようにしていた。住宅用の造成地を通り抜ける近道を教えてやったのも私だ。

名前は決めてあるのか、入院に必要なものはすべて揃っているのか、寒くなったからパジャマの上から羽織れるものを用意しておいた方がいいのではないか。かわいらしいぬいぐるみを見つけたが、何カ月くらいからそういうものを喜ぶようになるのか。紙おむつはどこの銘柄のものがよいか調べてみよう。

姉妹らしく楽しく語れることはたくさんあった。六つの歳の差など、互いが成人すれば関係ないのだとようやく気付くことができたくらい、妹を身近な存在として感じることができた。赤ん坊も可愛がってやろうと思っていた。

それなのに――。

両親が遠方に住む親戚の法事に出席するため、私と妹は、私が作ったカレーで早めに夕飯を終わらせ、居間で二人、テレビを見ていた。冬のコンビニ新作スイーツが次々と紹介されていくうちに、妹が食べたいと言い出した。

私は明日買ってこようかと言ったのに、妹は今すぐ食べたいと言い張る。

「今日はお姉ちゃんが夕飯の支度をしていたから、夕方、散歩にも行けなかったじゃない」

そこまで言うのならと、二人で買いに行くことにした。

街灯のない造成地を通り抜けていると、暗闇の中に、白いかげが見えた。

「スカーレット！」

スカーレットが涼しげな顔をして、建築資材を重ねてある脇を通り抜けていったのだ。名前を呼んだのに、こちらを見むきもしなかった。しかし、首輪を含めてスカーレットに間違いなかった。

「何で外に……」

「わたしが出してあげたの。外に行きたがってたから」

「そんな」

「だって、玄関のドアをがりがり引掻いてたし、爪が折れたらかわいそうじゃない」

そこまでしていたのなら、と妹を責めるのをやめた。

アーオ、アーオ、と別の猫の鳴き声がする。友だちと待ち合わせでもしていたのだろうか。しかし、いつのまにそんなものが。

「デートかな」

妹がニッと笑いながら言った。そんなはずはない、と私は猫の鳴き声が聞こえる方に向かった。

建築途中の家の分厚いビニルシートをめくると、月明りが中をてらした。

スカーレットの白い体を、キジトラの雄猫がかぶさるように押さえつけている。

「スカーレット！」

私は手近にあった角材を取った。

「ちょっと、お姉ちゃん。どうしたの」

妹が私の肩越しに中を覗き込んだ。

「スカーレットが殺されちゃう」

「何言ってんの、交尾じゃない」

「まさか……」

「それに、スカーレット、ちっとも嫌がってないし」

「そんな……」

スカーレットがまさかそんなことをするはずがない。角材を握り直した。それなのに、指先に力がこもらない。アオン、とスカーレットが声を上げる。体の奥底から熱い塊を吐き出すような声。人差し指の先が緑色に腐り、溶け始めている。般若の笑い声も聞こえた。

「あーあ、スカーレットに先越されちゃったね」

般若の呪いの声に振り返ると、そこに般若の姿はなく、代わりに巨大な蚤の姿があった。腹をパンパンに膨らませた蚤が……。

スカーレット、スカーレット、私に力を貸して。白く柔らかい毛を、温かい体を少しずつ思い描いていく。指先が元に戻った。

私は角材を思い切り振り上げて、蚤の腹に打ち込んだ。何度も何度も繰り返し……。
そして、最後に頭をつぶした。
誰が何度、あの夜のことを私に訊いても、答えは同じだ。
――蚤取りをしていました。

ベストフレンド

世界の人口は約七〇億人だという。しかし、自身の幸せを考えるに当たり、それほどの分母は必要ない。私がこの世から消えてほしいと願う人間は、ただ一人――。

大豆生田薫子。彼女の存在を認識したのは、この名前からだった。

三年前、五月六日の午後九時過ぎ、毎朝テレビドラマ制作部プロデューサー、郷賢《ごうけん》から電話を受けた。

――漣涼香さんですね。この度は、第一二回毎朝テレビ脚本新人賞に、ご応募いただきありがとうございました。漣さんの作品「月より遠い愛」は最終候補に残りましたので、ご連絡しました。お名前の読み方は「さざなみすずか」で合っていますか？

青天の霹靂とはまさにこのことだった。もしも、郵送で連絡を受けていたら配達員に抱き付いていたかもしれない。郷の声は洋画の吹き替え声優のように渋く、耳元を鳥の羽根で撫でられているかのように身をすくめながら、上ずった声で、はい、と答えた。郷は電話をかけながらパソコン入力していたようで、名前を復唱しながらキーボードを叩く音が聞こえた。そして、今回は珍しい苗字が多いな、とつぶやく声も。

あの人も残ったのか、と「大豆生田薫子」という文字が頭に浮かんだ。

毎朝テレビ脚本新人賞は最終選考で毎年六名残るのだが、電話連絡は最終選考からで、第一次から三次までの途中選考の結果は、脚本専門誌「ザ・ドラマ」に掲載される。

コンクール常連の人はいないか、一人で複数作通過している人はいないか、タイトルではどれがおもしろそうか。そういった確認をしている中にその名前を見つけた。だが、変な名前だな、と思っただけだ。そんなことよりも、第三次まで残った自分の名前を眺めるのに夢中だった。

脚本コンクールへの初応募は大学四年生の時だった。上手くいかない就職活動から逃避するかのように、思いつきで教本を買い、見様見真似で初めて書いたにもかかわらず、一次選考を通過した。私の才能はここにあったのか、と深く感じ入った。

たかだか一次くらいで、と唯一打ち明けた母親からはあきれられた。しかし、応募総数約二〇〇〇作を超える中から選ばれた一〇〇作だ。二〇分の一、そこそこ名の知れた会社の求人倍率よりもはるかに高い。二次に残ることはできなかったが、それから九年連続で応募した。五年で受賞しなければあきらめて田舎に帰ろうと決めていたのだが、五年目に第三次の一五本まで残り、あと五年がんばってみようと、気合いを入れ直して取り組んだところ、一年の猶予を残して、最終選考に残ることができたのだ。

郷はその後、オマージュ作品ではないか、影響を受けている脚本家や小説家はいるか、文献から引用した箇所はないか、など、盗作をしていないか確認する質問を、言い回しを変えながら五回ほど重ね、最後に選考会の日時を告げて電話を切った。

――選考会は五月二〇日の午後六時からです。少し遅い時間になるかもしれませんが、入賞した場合のみ、ご連絡差し上げますので。

そうして迎えた選考会の日、午後一〇時過ぎに鳴った電話に、三秒も経たないうちに出たのは、午後六時からずっとケータイを手元に置き、今か今かと待ちわびていたからだ。四時間近く落ち着かない時間を過ごしたことになる。いや、朝からずっと何も手につかない状態になっていた。電話とメール、着信音は別の音楽に分けているのに、メール着信音が鳴ってもドキリと心臓は跳ね上がり、迷惑メールだと解っては、くそっ、と下品に舌打ちを繰り返した。そうするうちに幻聴まで始まり、きたっ、と電話を手に取っては無表示の画面にため息をつき、果てには、部屋中の音をすべて消し、ベッドの上に体育座りをしてじっと固まって待っていた。一晩中その体勢を続け、虚しく朝を迎えていた可能性もあるというのに。だが、電話は鳴った。

――漣さんの「月より遠い愛」は優秀賞に選ばれました。おめでとうございます。いやぁ、僕は漣さんだと思っていたんですけどね。詳細は後日書類を郵送します。では、授賞式でお会いできるのを楽しみにしています。

郷は私にお礼の言葉も言わせないうちに電話を切った。嬉しい、だが、最終選考に残った時のように手放しで喜べる気分ではなかった。優秀賞だと郷は言った。一席は最優秀賞だ。私は次席ということか。通常、最優秀賞が一人、優秀賞が二人選ばれる。しかし、受賞すれば必ず脚本家デビューできるわけではない。過去の最優秀賞受賞者でも、その後、脚本家としてテレビに名前をクレジットされているのを見たことがあるのは半数以下だ。優秀賞でプロになった人など見たことがなかった。どちらを受賞しても、これで道が開けたわけではないということだ。それでも、決定的な違いがある。

最優秀賞受賞作は映像化される。一度は脚本家として名前がクレジットされることになる。現場のスタッフと知り合うことができる。新人賞受賞作は例年、平日昼間のドラマの再放送枠か深夜二時頃の枠でオンエアされるため、視聴率などまったく期待できないが、それでも、万を超える単位の人たちの目に留まり、何らかの反応があるだろう。つまり、次へ繫がる可能性が開かれるのだ。とはいえ、優秀賞だからといって、映像化の可能性がゼロになったと決め付けるのは早い。最優秀賞が出ない年も三年に一度の割合であった。その場合は優秀賞の中から一本、映像化される作品が選ばれる。

頭の中はモヤモヤし通しだった。一人祝杯をあげるために用意していたシャンパンの小瓶も冷蔵庫に入れたまま、木箱に入ったカマンベールチーズをカットする気にもなれなかった。果たして、最優秀賞受賞者はいるのだろうか。郷の言葉を思い返してみた。

――僕は漣さんだと思っていたんですけどね。

ああ、とため息をつくしかない。それでも、と気持ちを奮い立たせる。最優秀賞が出なかったという意味にも、十分受け取れるではないか。テーブルに置いただけで当該頁が開くほどの折り目がついた「ザ・ドラマ」を広げた。第三次の結果までしか載っていない中で、誰が、どの作品が、選ばれたのだろうと凝視した。

タイトル、名前、出身地、記載されているのはこの三項目だ。ペンネームでの応募は不可となっている。珍しい苗字はただ一人。
「サバイバル・ゲーム」大豆生田薫子（島根県）
最終選考に残ったことが信じられないくらい陳腐なタイトルだ。タイトルが魅力的なのはこれだろうか。メロドラマ的ではあるが、どんな内容なのかと興味をそそられる。
「それからの秋、終わりの冬」直下未来（東京都）
私の想像は当たらずといえども遠からずだった。二日後に速達で届いた、選考結果が記載された用紙はシワクチャにしてまた戻したものを今でも大事にとってある。こいつさえいなければと名前を拳で叩きつけたものの、何と読むのか、どこで区切るのかさえ、この段階では解っていなかった。

最優秀賞　「サバイバル・ゲーム」大豆生田薫子（島根県）
優秀賞　「月より遠い愛」漣涼香（東京都）
　　　　「それからの秋、終わりの冬」直下未来（東京都）

授賞式は翌月、六月二〇日に行われた。この日のためにシビラのワンピースを購入し、美容院で髪をセットしてもらった。会場である六本木グランドホテルに受付開始三〇分前に到着し、ロビーで時間をつぶそうと辺りを見渡すと、大きな柱の前にある二人掛けソファに座っている女に目が留まった。赤いベロア生地のクッションに、ようやく引っかかる程度に腰を乗せたやせっぽちの小柄な女。子どもの入学式か、とつっこみたくなるような安っぽいピンクのスーツに、手のひらほどの大きさのある赤いバラのコサージュをつけていた。ピンクに赤はいかがなものか。それほどめかしこんでいるくせに、髪は上部をバレッタで留めてあるだけで、長時間どこかにもたれて座っていたのか、後頭部に小さなすずめの巣ができていた。ベージュのストッキングは許せるとして、黒のパンプスはいただけなかった。スーツの色とまったく合っていない。足元に置いてある茶色いボストンバッグの持ち手には藍染のスカーフが結んであった。オシャレのつもりなのか、バッグを間違われないようにするためか。どちらにしても、昭和のおのぼりさんだった。

脚本家らしく、ついそんなふうに観察をしてしまったが、それが最優秀賞受賞者だとは思いもしなかった。友人の結婚式に出席するために田舎から初めて東京にやってきたのだろう、と結論付けていたのに……。そうではない、自分を負かした者があれであってほしくないと無意識のうちに、違う設定をあてがおうとしていたのだ。だから、受付開始五分前を待たず、彼女より先に会場に向かったのだ。そうして、受付テーブル前にいた背の高い長髪の男、郷にこう呼ばれた。

「まみゅうだかおるこさんですか?」

姓は「まみゅうだ」、名は「かおるこ」、これが最優秀賞受賞者の名前だった。

「すみません、まみゅうだは私です」

私の後ろからかぼそい声で答えたのは、やはり、ロビーにいた女だった。

続いてやってきた赤ら顔のずんぐりとした男は、田舎から付いてきた大豆生田の旦那かと思いきや、もう一人の優秀賞受賞者だった。「みらい」という名の男だったのかとあっけにとられ、それ以前にタイトルと顔が一致していないだろうと胸の内でつっこみ、「なおした」ではなく「そそり」と読むのかと珍しい苗字に驚いた。

三人揃って珍しい苗字、そして、三〇歳という同じ年齢だった。

大豆生田、私、直下の順でステージ上に並び、会場を見渡しているうちに、まだチャンスはあるかもしれない、という思いがムクムクと湧き上がってきた。誰が脚本家でテレビ局の社員なのか見分けはつかないが、あの垢抜けた集団の中に溶け込んでいける可能性が一番高いのは両隣の二人ではない。すべては今日の授賞式にかかっているのだ。そんな決意を改めてするまでもないほどに、パーティーの主役は私となった。

外見やふるまいだけではない、作品そのものも私は大豆生田に勝っていたのだ。

毎朝テレビ脚本新人賞の最終審査は脚本家三名で行われる。いずれも、脚本に興味がなく名前を聞いてもピンとこない人でも、作品名を挙げれば、あれか！　と大半が手を打つほどのヒット作を手掛けた人たちだ。特に、最年長の野上浩二《のがみこうじ》は私にとってのナンバーワンドラマ「俺たちの夏休み」を書いた人で、最終回などはソラで脚本を起こせるほどに何度も繰り返し見た、神様のような人だった。

詳しい選考過程は翌月発売の「ザ・ドラマ」に掲載されることになっていたが、会場での講評は野上浩二が行った。

――他のお二人は漣さんの作品を最初、一位に推しておられたが、今年で審査員を降りる僕が最後に駄々を捏《こ》ねるように、大豆生田さんを推しました。

眩暈《めまい》を起こしそうになった。多数決では私が勝っていた……。憧れの脚本家が一瞬にして、ただのくそ親父に成り下がった。

――漣さんは文章も上手いし会話にもセンスがある。だが、肝心のストーリーが魅力に欠けた。どこかで見たことがあるような話でもあるし、この先、別の誰かが書きそうな話でもある。即戦力には十分に成り得るだろうが、新人賞で求められているのはそういう書き手ではないと、僕は思っている。大豆生田さんは丁寧には書いてあるが、文章にまだ硬い部分が見られる。しかし、それは周りがフォローできることだ。なんといっても、話がおもしろい。

大豆生田の作品「サバイバル・ゲーム」は、末期癌で余命幾ばくもない夫を妻が無人島に連れて行き、丸一日、二人きりでサバイバル生活を送るという話だ、と簡単なあらすじ説明があった。

――高い岩の上から海にダイブしたり、野生のキノコをたき火で焼いて食べたりする場面で、余命幾ばくもない夫が、こんなことしたら死んじゃうよ、とマジメくさった口調で言う。受け取り手は、そこに人間の可笑《おか》しみを感じ、生きることについて真剣に考えるだろう。実は、この夫ほど深刻じゃないけれど、先日、僕も癌宣告を受けてね。妻とこういう一日を過ごしてみたいと心から思った。

この話を出されたら、誰も反論できなかったに違いない。病気には同情するが、審査員としては間違っている。去年辺りで引退しておけばよかったのだ。

大豆生田はタオル地のハンカチで何度も涙をぬぐい、黒い部分が赤いパンダのような顔になっていた。そのままの顔でステージ中央に向かうと、野上浩二と握手を交わして賞状を受け取り、そして……、受賞の挨拶で墓穴を掘った。

――夫と私をモデルにした物語で、栄誉ある賞をいただくことができ、大変嬉しく思います。夫も天国できっと喜んでくれていると思います。脚本を書いたのは初めてだったのですが、これからもしっかり勉強してがんばりたいと思います。

盛大な拍手が送られたが、感極まっているのは大豆生田と野上浩二だけだった。彼女は受賞作がゼロからの創作物ではなく実話であることを、制作側の人間の前で告白してしまったのだ。人は誰でも一つだけなら物語を書くことができる。自分自身の話だ。大豆生田薫子に二作目はない。

そもそも、彼女にはもっと単純なマイナス要素があった。

豪華な食事が用意されていたにもかかわらず、ぺこぺこと挨拶を繰り返すばかりで、ほとんど何も口にすることができなかった受賞者三人を、パーティー終了後、郷と制作会社Kテレビのプロデューサーである石井《いしい》が、会場近くの居酒屋に連れて行ってくれた。会社帰りのサラリーマンや大学生で賑わうチェーン店というところに、自分たちの立場が反映されているようで、少しばかり惨めな気持ちになったのだが、郷は今後の仕事について、私にだけ話を振ってくれた。

小説や漫画はよく読む？　プロットを書いたことはある？　これドラマ化したらおもしろいんじゃないかなって思う作品があったら、いつでも俺のところに送ってきてよ。

決して、郷は大豆生田をないがしろにしていたわけではない。話しかける回数は彼女に対しての方が多かった。しかし、内容はまるで違う。

珍しい苗字だよね。俺なんて、郷賢だから、大豆生田さんが苗字を言い終える前に、フルネーム言えちゃうよ。島根に多い苗字なの？　島根って何が有名だっけ？　砂丘？　そりゃ鳥取か。明日は東京観光してから帰るの？　せっかく東京まで来てくれたのに、ししゃもなんて食べさせてごめんね。よかったら、好きなの注文してよ。バーニャカウダとか帰って自慢できるんじゃない？

バカにしきった質問に、大豆生田はマジメな顔をして、浅草に行って人形焼を買って帰ろうと思います、などと答えていた。あまりにも彼女が不憫に思えて、羽田空港内で売っているおすすめスイーツをメモ書きして渡してやると、絶対買います、と目を輝かせながら言われ、姿の見えない敵に嫉妬していた自分を情けなく思ったほどだ。

郷は東京在住の直下にも、どんなジャンルのドラマに興味があるのかを訊ねたが、直下が海外ミステリについてあまりにも熱く語ったのに引いてしまったのか、プロットを送ってこいとは言わなかった。

おまけに、私はパーティーで挨拶を交わした人全員に名刺を配ったというのに、大豆生田も直下もメモ用紙すら用意していなかった。すっかりゴールした様子でいる二人に、好意的な気持ちを抱いた。この出会いを大切にしようと私が提案し、三人でメールアドレスの交換をした。入賞作品は翌月の「ザ・ドラマ」に掲載される予定になっていたが、気持ちが冷めないうちに互いに意見交換しようと直下が言い、翌日、原稿をデータで送り合う約束もした。

郷は私たちを一歩引いた様子で眺めていたが、ふと、こんなことをつぶやいた。

——あーあ、水たまりから月を掬《すく》い上げるシーン、撮ってみたかったなあ。

独り言のようであったが、会話が落ち着いたのを見計らってのタイミングだったことが私には解った。大豆生田と直下がきょとんとした顔で郷を見ている横で、私はそっとワンピースの袖口で目頭をぬぐった。

授賞式の翌日、早速、大豆生田、直下両方から、ねぎらいの言葉と一緒に応募原稿のデータが届いた。自分以下である直下の作品にはまったく興味が持てなかった。大豆生田の原稿のみをプリントアウトして読んだ。そして……、不覚にも涙した。

だが、泣くイコール感動ではない。難病ものを安易に作りたがる人たちは、この辺りを誤解しているのではないだろうか。その上、大豆生田の場合、命を軽く扱い過ぎだ。おそらく、本人にもその自覚があるため、実話に基づいたものであることを公表したに違いない。こんなものに負けたとは。しかし、勝負に負けた私が何を言っても、本当に良い作品を見定める能力を持つ人ならともかく、肩書主義の凡人は、嫉妬しているとしか受け止めないはずだ。だから、彼女にはこんなメールを送った。

『号泣しちゃいました。大豆生田さん夫婦の絆の深さがぎっしり詰まった作品だと思います。ただ、結婚して五年も経つ夫婦にしては、会話がぎこちないような気がするので、そこを直せば傑作に変わると思います。さすが、最優秀賞！　映像化が楽しみです』

同じ日に、大豆生田から「月より遠い愛」の感想も送られてきた。

『親友の恋人を愛してしまった主人公の切ない思いに共感できました。月を両掌の中に収める方法、なるほどと感心しました。貴重なアドバイスもありがとうございます。かなり改稿する必要があるようなので、反映させていただきますね。お互い、スタート地点に立ったばかり。プロの脚本家を目指してがんばりましょう！』

記念応募のビギナーズラックだと、彼女自身、十分理解していると思っていたのに、プロを意識していたとは。しかし、リベンジするチャンスができたとも考えられる。郷の独り言の意味も一日遅れで知り、悔しい思いをしたことだろう。

絶対に負けない、と声に出して誓った。

『難病モノはテーマが明確な分、内容がうざい』

最低でも週に三本、私は郷にプロットを送るようになった。読書量には自信がある。一番好きなのはラブストーリーだが、脚本家を目指すようになってからは、ミステリ、ＳＦ、時代小説などジャンルを限定せず、あらすじ、タイトル、装丁、何でもいいので少しでもピンとくるものがあれば、片っ端から読むようにしてきた。その甲斐あって、世間ではあまり認知されていない独創的でおもしろい作品を書く作家を、容易にリストアップすることができた。

郷からの感想もまずまずの手ごたえを感じるものばかりだった。

大豆生田に受賞作の手直しをさせているため今は少し忙しいが、近いうちに直接会って詰めてみたい作品がいくつかある。そういった内容のメールをもらい、郷と最初の打ち合わせをしたのは、授賞式からひと月後、海の日だった。郷はそれまでに私が送ったプロット一五本のうち五本も、次の会議に上げてみると言ってくれたのだ。

喫茶店での打ち合わせ後、授賞式後の居酒屋とは料理の値段が一桁違う、洒落たビストロに連れて行ってくれた。それほど酒に強くない郷は、ワイングラスを片手に大豆生田の愚痴をこぼし始めた。

――受賞作を俺が担当するのは、選考会前から決まっていたとはいえ、つまらない作品を撮るのは本当に苦痛でさ。一〇回書き直させてやっと、これなら許せるかなってホンに仕上がったよ。「月より遠い愛」なら、ほぼ直しなしで撮影に入れたのに。

否定も同調もせず、ただ微笑みながら郷の話を聞いていた。この日ほど、ワインをおいしいと感じたことはない。郷に誘われるままついて行こうと覚悟も決めていたが、そういった卑た誘いはなく、郷はタクシーの手配をして、ほんのり上気した頬に笑みを浮かべて私を見送ってくれた。

3チャンネルの書き込みなどを見ていると、脚本家の世界にも枕営業があり、むしろ、そうやって仕事を手に入れた女性脚本家の方が多いのではないかとすら思っていたが、郷の紳士的な態度に、自分が大きな誤解をしていたことを恥じた。やはり、実力がものを言う世界なのだ。郷は私の実力に気付いたから、仕事の相手として大切に扱ってくれた。自分に実力がないくせに、その事実を認めたくない人たちが、枕営業などという言葉を使って成功者を貶《おとし》め、溜飲を下げているだけなのだ。私はそちら側の人間ではない。

思いを形に留めておくために、パソコンを開いた。

『ご無沙汰しています。今日は郷プロデューサーと打ち合わせをしました。私の送ったプロットを五本、次の会議に上げてくれるみたい。でも、私でそれくらいなら、大豆生田さんのプロットはその倍くらい選ばれているんだろうなあ……。もっともっと、がんばらなきゃ！』

送信したあと、今度はブログに、Gさんに素敵なビストロに連れて行ってもらった、と料理の写真付きで書き込んだ。その後、テレビドラマの感想サイトなどをチェックする。ただおもしろい原作を探すだけではダメだ。原作を局のカラーに合わせて料理できることが脚本家には求められているはずだ。毎朝テレビのプロデューサーである郷に評価されているということが、私が局のカラーを認識できているという証だ。

パソコンを閉じる前にもう一度メールチェックすると、大豆生田からの返事が届いていた。

『プロット五本ってすごいですね。私なんて、プロットの書き方も解りません。「サバイバル・ゲーム」はようやく決定稿に辿り着けました。オンエアの日も来週には決まるみたいです。デビューを迎えるのが楽しみで仕方ありません。漣さんも、早くデビューできるといいですね』

漣さん「も」？　ケンカを売っているのかとムカついたものの、鼻で笑い返せるほどの余裕はあった。私だって、大豆生田が郷に一本もプロットを送っていないことは知っていた。

『田舎者はさっさとあきらめろ』

翌月、夏休み期間中とはいえ、平日の昼間にひっそりと放映された「サバイバル・ゲーム」は、本当なら私の作品が、と悔しさに身もだえする覚悟でテレビに向かった私に、最初の一〇分で肩すかしをくらわせた。その後は、大豆生田に同情を覚えてしまうほどの酷い出来だった。

まず、局がこの作品にまったく力を入れていないことは役者を見れば明らかだった。夫役はゴールデンの五番手辺りでたまに見かける若手演技派の俳優だったが、主人公の女優はまったく見たことのない顔だった。一〇代の子であれば、大手事務所のオーディションで優勝した、これから売り出す予定の子だろうかとも思えるのだが、三〇歳前後でこの顔ならその可能性はゼロに近いはずだ。いくら新人賞受賞作とはいえ、過去の受賞作に主演した役者はもう少し有名どころが多かったはずだ。特に、この作品は登場人物が少ないのだから、もう少しお金をかけてもらえそうなものなのに。

しかし、作品にまったく惹きつけられないのは役者のせいではない。応募作では、淡々と危険な行為を夫婦二人で行っていたのが、ドラマでは、一つ一つのエピソードに感動的な意味を持たせようと余計な言動を織り交ぜ、結局、何がしたいのかまったく解らない状態になってしまっていた。

「このキノコは俺だけが食べる。君には……、明日があるんだから」

「あなた……」

何だ、この茶番は。視聴者を笑わせようとしているのか。今頃、野上浩二は自分の選択を後悔していないだろうか。審査が終わればあとはまったく関係ない、と大先生は映像化されたものは見ないかもしれない。

ネットの反応はどうだろうかと、3チャンネルを開いた。テレビドラマ板では完全にスルーだ。しかし、創作文芸板の毎朝テレビ脚本新人賞のスレッドでは、少しばかり盛り上がっていた。九割が否定的な意見だった。

『何がしたいのかさっぱりわからん。難病ものなら何でも受けるとか、視聴者バカにしすぎ』

一週間前に発売されていた「ザ・ドラマ」で先に脚本を読んでから見たという人の書き込みもあった。

『改悪の仕方が半端ない。いっそ、応募原稿のまま撮った方が、まだマシだったんじゃないか?』

なんとなく、これは大豆生田が書いたのではないかと思った。骨組みがおかしなものに何を装飾しても、崩れることには変わりない。それなのに、自分以外の誰かのせいにしている。この場合は郷ということになるのか?

それよりも理解できなかったのが、ちらほら紛れている、感動した、という意見だ。これこそが大豆生田やその親戚が書き込んでいるのではないか。とにかく、一つだけ確信できたことがある。

大豆生田薫子に次の話はない。彼女はこれで退場だ。

はなむけの言葉だけはメールで送っておいた。

『オンエア見ました！　デビューおめでとう。さすが一〇回も書き直しただけあって、夫婦関係に深みが増して見えました。この作品を観た業界の人たちから、じゃんじゃんオファーがあるんじゃないかな。うらやましい！』

送信したあとに、直下からのメールが届いた。

『真剣に書いた作品を応募したのが、バカバカしくなってくるような出来だったね。テレビはもうダメだ。映画の脚本でも勉強するかな』

ほらみろ、とつぶやいた。誰一人、大豆生田の作品をおもしろいと思っていない。直下に返信はせず、「サバイバル・ゲーム」お疲れ様でした、と言葉を添えて、郷にプロットを三本送った。

二つは小説が原作のものだが、一つは私の完全なオリジナルだった。

すごくおもしろいのが一つあったけど、原作者の名前や出版社が抜けてたよ。

そんな連絡が入る想像をしながら、オリジナル作品を少しずつ書き溜めていった。


『大豆生田薫子、オワタ。始まってもなかったけどね』


その後も、郷とはひと月に一度の割合で、打ち合わせと称して食事をしていた。私のプロットは最終候補には必ず一本残るものの、決選投票で負けてしまうのだと、郷は悔しそうに言ってくれた。

——内容のおもしろさはスズちゃんの探してきたものの方が断然上なんだけどさ、やっぱり、スポンサーありきの進行になると、有名作家の小説や人気漫画が強いんだよね。テレビはいつから別のコンテンツの後追いしかできなくなったんだ？　俺はさ、脚本家とタッグを組んで、オリジナル作品を茶の間にガツンと突き付けてやりたいよ。

その脚本家は私だと思っていた。こっそり混ぜているオリジナル作のプロットは完全にスルーされていたが、まずは脚色で腕を磨き、一緒にがんばっていこうと言ってくれているのだと信じていた。でなければ、毎回、お寿司やフレンチなどの高級店に連れて行ってくれるはずがない。

——ところで、スズちゃんは応募原稿の職業欄にフリーターって書いてあったけど、どんなことをしてんの？

——宅配便事務所の受付です。ツキノワグマのマークの。火水木休みの週四で、九時六時。

郷が電話連絡をしやすいように、シフトを詳しく説明した。本当はバイトの話はしたくなかった。こちらが本業だと誤解されたくないからだ。脚本を書きながら生活していける最低限の収入を得られる仕事なら何でもよかった。

——へえ、割りとガッツリ仕事してたんだ、よかった。

——どうしてですか？

——読書量がハンパないし、プロットもいっぱい書いてくれるから、もしかして一日中それらに取り組んでいるのかなって、ちょっと心配してたから。

——私、読むのも書くのも速いんだと思います、きっと。でも、彼氏と遊びに行ったりとか、そんなヒマはありませんよ。

——へえ、そういう相手がいたんだ。

――だから、相手もいませんってば。

さりげなくその席は空いていることをアピールしたつもりだったのだが。

――郷さんなんて、片手で数えられないくらい彼女がいるんじゃないですか？

――えっ、スズちゃん、俺のことそんなふうに見てんの？　俺ほど一途なタイプもいないっていうのに。

そう言って郷は私をじっと見つめ、プッとおかしそうに吹き出した。私もつられて吹き出しながら、傍から見ればきっと私たちは仲の良い恋人同士に見えるのだろうと、熱くなった頬にグラスで冷やした手を添えた。

郷のことは、授賞式で初めて会った時から、いや、最終候補の電話をもらった時から、毎晩考えていた。テレビ以外、本を読んだり映画を観たりしながらも、郷はこれらの作品にどんな感想を抱くだろうといつも想像してしまう。物語に関することだけではない。コンビニの新作スイーツを食べている時も、空をいつも以上に青く感じる時も、郷とともに感性を分かち合いたいと願っている自分がいる。私たちはきっと似たもの同士のはずだ。だが、こちらから思いを伝えることはできない。どんなに真剣に告白しても、裏があると思われるはずだから。もしや、郷も同じ思いで苦しんでいるのではないか。

思いを押し隠すように、話題を変えた。タイミングを見計らって訊こうと思っていたことだ。

――大豆生田さんはもう、次のお仕事が決まっているんですか？

――それ、本気で訊いてる？

郷はもともと大きな身振り手振りを一・五倍増しにして、私の顔を覗き込むように訊き返してきた。大人だからストレートには言わないけど、俺の言いたいことは解るよね。いたずらっ子のような目がそんなふうに語っていた。

――一応、おもしろい原作を見つけたらプロットを書いて送って、とは言ったけど、彼女、プロットの書き方も解らないみたいだしさ。こっちもわざわざ教えようとは思わないし。まだ、直下くんの方が期待できるよ。

大豆生田のことで安心し、直下のことで眉を顰《ひそ》めた。

――まあ、ミステリが書けるのは武器かもしれないけど、毎回、血が噴き出るような殺し方ばかりしているうちはダメだね。テレビをまったく解っていない。まかり間違ってお茶の間にそんなシーンを流したら、クレーム殺到だよ。まあ、スズちゃんとは大違いってことだ。

テーブルに載せたままにしていた手を、がんばれよ、と言うようにギュッと強く握られて、テレビに脚本家として私の名前がクレジットされたその日に、郷に思いを伝えようと強く心に誓った。

そして、もはやライバルにもならない相手にとどめを刺すためのメールを送った。

『大豆生田さん、プロットの作成は順調ですか？　直下さんもがんばっているみたいですよ。大豆生田さんの受賞作（応募作の方です）を読んで、ちょっと感じたことがあります。大豆生田さんはいい意味で死を軽く表現することができるんじゃないかと思いました。無表情でさくさくと人を刺し、噴き出す血にさえ表情を変えない殺人鬼を、私なんかが書くとドロドロの暗く重いだけの話になりそうだけど、大豆生田さんは魅力的に描くことができそうです。テレビではご法度なシーンかもしれない。だからこそ、新人が書く意味があるのではないかとも思います。……なんて、えらそうにアドバイスしてしまってごめんなさい。お互いがんばりましょう』

大豆生田からの返信はなかった。

『プロットの書き方がわかんないとか、脚本家、舐めてんの？』

私のプロットが採用されたと郷から連絡があったのは、受賞から七カ月後、年の瀬のことだ。一年以内に結果を出さなければ、次の受賞者が現れる。その焦りを少しずつ抱いていたところへの吉報だった。今までのどの電話を受けた時よりも胸が跳ね上がった。詳しくは明日直接、と郷に場所と時間を指定され、電話を切った。

選ばれたのは「蝶のように花のように」という青春小説で、弱小新体操部の女子高生たちが挫折を繰り返しながら全国大会を目指す物語だ。作者は小早川花《こばやかわはな》というライトノベル上がりのマイナー作家だが、一〇代の女の子の心理描写が上手いと、少しずつ口コミで評判を上げている。ありがちなスポ根ものではあるが、最終的に主人公たちが全国大会に出場できないところに、新しさを見出されたに違いない。

努力するのはすばらしい。しかし、誰もが成功するわけではない。大切なのは、あきらめない強い気持ちだ。そんなメッセージは多くの人から共感を得るはずだ。

欠点があるとすれば、セリフの口調が少し硬いところと、構成が時系列に沿って単調になりすぎているところだ。それを改善したプロットが選ばれたのだから、原作の魅力だけでなく、私の腕によるところも大きいはずだ。全一〇話の連続ドラマとして、一話ずつのおおまかな流れはプロットに書いているが、脚本を起こしていくのはこれからだ。一話目はすでに八割方頭の中にできあがっている。

じっとしていることができず、私は第一話の脚本を書き上げて、郷に会いに行った。今日、思いを伝えるのもありかもしれない。いつもの喫茶店に先に来ていた郷に、飛びつかんばかりに駆け寄ると、おめでとう、と逆に郷からガバッと抱き付かれ、卒倒しそうになった。しかし、三分も経たないうちに私は奈落の底へと突き落とされることになった。

——脚本は野上浩二先生にお願いすることになった。

聞き違いではないかとポカンと口を開けたままの私に、郷は初心者に泳ぎを教えるように、順序立てていきさつを説明してくれたが、納得のできるものではなかった。要は、無名の脚本家だとスポンサーがつかないので、名の売れた脚本家を立てることになった。それだけのことだ。

——原作者が有名だったら、スズちゃんでも行けたかもしれないんだけど。でも、脚本作りにはぜひ協力してもらいたいし、一〇話の内、後半のいくつかはスズちゃんが書くことになるかもしれない。野上先生の体調のことはスズちゃんも知ってるだろ。

——癌になったけど、早期発見のおかげで薬で完治した、ってことなら。

——先生はもう体調は万全だっておっしゃってるけど、連ドラは体力勝負だからね。健康な人でもぶっ倒れてしまうことがあるんだから、絶対に大丈夫、なんて保証はどこにもない。むしろ、スズちゃんにとっては大チャンスなんじゃないかな。ピンチヒッターを無事務めることができたら、野上先生どころか、局にも恩を着せることができる。

郷に励まされるうちに、彼の言う通りになるのではないかという予感がしてきた。お祝いだからと、星がついたスペイン料理店に連れて行ってもらった頃には、すっかりとやる気を取り戻すことができていた。それでも、郷はさらに元気付けてくれようとしたのだろう。こちらが訊いてもいないのに、大豆生田のことを話し出した。

――彼女さあ、いきなり二時間ドラマの脚本を送ってきたんだ。しかも、オリジナル。その上、何をとち狂ったか、最初の場面が血まみれの死体なんだから、勘弁してほしいよ。直下くんといい、大豆生田さんといい、ちょっと危ないんじゃない？

原稿用紙三枚分も読まずにゴミ箱に捨てようとしたが、打ち合わせに来ていたKテレビの石井がメモ用紙を探していたので、原稿の束ごと渡したのだと、愉快そうに笑った。顔では、困った人ねと眉を寄せてみたが、心の中では郷と同じように笑っていた。大豆生田はなんて単純なのだろう、と。

『大豆生田さん、ついに私の書いたプロットが採用されました。とはいえ、脚本は野上浩二が手掛けるんですけどね。でも、連ドラなので、私が書く回もあるかもだし、下書きなんかの手伝いはやらせてもらえるみたい。オンエアは半年後だけど、きっと、あっという間なんだろうな』

『大豆生田さん、生きてる?』

年明け、三月に行われたドラマの制作発表の会場には私も関係者として入れてもらうことができた。「蝶のように花のように」は郷の提案で「花の女子新体操部」とテレビドラマ用に改題された。センスのいいタイトルではないが、何をやりたいドラマなのかということはすぐに解る。ステージにはきれいな顔の女の子たちがずらりと並んでいた。部活の顧問役は学園ものには欠かせない有名俳優だった。テレビの中でしか見たことのなかった人たちと同じ部屋にいる。ようやくここまで来ることができたのだ、と室内の空気を思い切り吸い込みながら、ステージに向けられたフラッシュに目をやった。扉はもうそこまで開かれている。

しかし、時を同じくして、思いがけないことが起きた。毎週リアルタイムで見ていた毎朝テレビの連ドラがスポーツ中継で中止になったため、太陽放送の木曜ワイド劇場にチャンネルを合わせた。

冒頭から殺人事件。サスペンスドラマの定番ではあるが、仰々しい音楽もなければ、降りしきる雨などの演出もない。早朝の公園をジャージ姿でジョギングしている女が、似たような格好で向かい側から走ってくる同年代の男を、すれ違いざまに隠し持っていた包丁で刺し、何事もなかったかのように走り去っていく。次の場面では、女は笑顔で家族に朝食を用意している。夫と高校生の息子を送り出し、掃除や洗濯などの家事を始める。絵に描いたように幸せそうな主婦なのに、なぜ人殺しをしたのか。女が鼻歌を口ずさみながら包丁を研ぎ始めた——。

コマーシャルのあいだにいつもは紅茶を入れたり、お菓子を出してきたりするのに、それすら忘れてテレビにくぎ付けになった。主人公の女は二時間のあいだに六人も殺したというのに、ときに笑え、ときにじんと嚙みしめるものがあり、最後は人間の愚かさと強さを同時に感じさせられるという、これまでにない不思議な感覚を抱いた。誰がこんな実験的な脚本を書いたのだろうと、テロップが流れるのを待ち構えていると、大豆生田薫子の名前が流れたのだ。

我が目を疑い、パソコンで検索すると、やはり、脚本は大豆生田薫子が担当したとあった。だが、いつの間に、毎朝テレビ以外の局と繫がりを持ったのだろう。スタッフ名を確認すると、一人、知った名前を見つけた。授賞式のあとで一緒に居酒屋に行った制作会社Kテレビの石井がプロデューサーを務めていたのだ。

もしや、郷がボツにした作品ではないのか。しかも、私はそれを夢中になって見た。だが、感動はしていない。通常の木曜ワイド劇場の作品とはテンポやテイストが違っていたため、もの珍しく感じただけで、これが深夜にでも放送されていたら、それほど惹きつけられなかったはずだ。その上、安定感がまるでなかった。ベテラン運転手のタクシーに乗って見慣れた街並みをのんびりドライブするのがいつもの木曜ワイド劇場なら、この回は、免許を取り立ての運転手が思いがけないところでブレーキを踏んだり加速したりするのに、ハラハラしながらドライブしていたようなものだ。決して、快適だったとは言い難い。

案の定、3チャンネルのテレビドラマ板、二時間ドラマスレッドには批判的なコメントが溢れていた。簡単に人殺し過ぎ。そんな意見が圧倒的に多かったが、そのあとで、でもおもしろかった、と続くものも少なくはなかった。

そもそも、何故、大豆生田は私に報告しなかったのだろう。自信がなかったのかもしれない。ならば、見たことを報告しておかねば。

『木曜ワイド劇場、見たよ！　二度目のオンエアおめでとう。なかなか実験的な作品だったね。私も連ドラ、がんばらなきゃ。お互い、寝不足には注意しましょう』


『大豆生田は精神鑑定受けろ』


これにも大豆生田からの返信はなかったが、そんなことに構っていられないほど、忙しい日々が続いた。私の仕事は脚本の手伝いという生易しいものではなかった。私が書いた脚本に野上が少し手を入れて決定稿にするのだから。しかも野上は、私がよく書けたと満足している部分ばかり削った。

――野上先生が今回は非常にやりやすいって喜んでたよ。

郷は私をフォローするかのようにそんなことを平気な顔して言った。毎回こんなやり方をしていますと、大御所が年齢の衰えにもかかわらず、ペースを落とさずに次々と新作を発表できるからくりを明かしたにすぎなかった。感謝されているなら、せめて脚本協力として名前をクレジットしてほしいと頼んだが、それだけは絶対に応じることはできないと断られた。

それでも、第一回のオンエアが楽しみで仕方なかった。撮影現場に差し入れのお菓子を持って見学に行き、役者たちが私の書いたセリフを口にするのを見ただけで、頬がかっと熱くなるほどに感激した。

受賞から一年でここまで来られるとは。確実に、私は前に進んでいる。

七月七日、第一話のオンエアは午後九時からの一時間。ふわふわとした夢の中にいるようだった。とてもではないがじっと座っていられない。誰と一緒に見ているわけでもないのに、クッションで顔を隠しては、少しずらした隙間から画面を見てニヤついた。

やめておけ、やめておけ、と制する私をもう一人の私が押し切って、番組終了後、3チャンネルを検索した。感想は思っていたほど上がってなかった。一話目は様子見なのだろうと、とりあえず、打ちのめされるほどに酷いコメントを書かれていなかったことに胸をなでおろした。しかし、感想が少ないのは、イコール、見た人が少ないということだった。視聴率は4・8パーセントという惨憺たるものだった。裏にそれほど強い番組が控えていたわけではない。おそらく、宣伝が足りなかったのだろう。郷に連絡をとろうかと思ったが、何と切り出してよいのか解らず、向こうから連絡がくるのを待った。

だが、続けて、数字よりもさらにやっかいな問題が起きた。原作小説に盗作疑惑が持ち上がったのだ。内容的には、青春ものの王道パターンを踏襲しただけだと弁解することができるが、似ていると指摘された漫画の中に、数カ所同じ台詞が出てきたことは誤魔化すことができない。幸い、第一話にはそれらの台詞が含まれていなかったため、局側としては原作を原案とし、小説とは展開を変更することになったのだが、一度ケチのついた作品に寄り添ってくれるほど、視聴者は甘くない。

第二話で視聴率は三パーセント台に突入し、全六回で打ち切られることになった。全国大会出場という、とってつけたようなラストに向けて、徹夜続きで作業を強いられたものの、最終話まで私の名前がクレジットされることはなかった。低視聴率の番組で下手にクレジットされる方が、今後の活動に支障が出るのではないか。これでよかったのだ。そう自分を励ましてはみたが、それでも、それでも、ゴールデンタイムの連続ドラマに脚本家としてクレジットされたかった、と三夜連続で夜中に一人、壁の薄いマンションで声を張り上げて泣いてしまった。

しかし、失うものが多かったのは、郷の方だった。

九月から、営業部へ異動となり、恐竜展などのイベントを担当することになったと、八月末のある夜、私のマンションにいきなりやってきて、呂律のまわらない口調で聞かされた。その上、浮気が奥さんにバレて、慰謝料をたっぷり請求されて家を出ていかれた、とも。

郷が結婚していたのは初めて知った。嘘をつかれていたわけではない。指輪をしていない手を見て、私が勝手に独身だと思い込んでいたのだ。しかし、浮気と言われるような関係にはまだ発展していなかった。話し合いの余地はあるのでは、と郷に伝えようとしたところを押し倒され、事が終わった後では何も言えなくなってしまった。

プロットを送れる相手はもういない。脚本家への道は閉ざされてしまったが、潮時だったのかもしれないと前向きに捉えることにした。郷を得た。それだけでも、ここまでがんばってきた甲斐はある。だが、郷と会ったのはその日が最後だった。酒に酔い、タクシー運転手に暴行を働いた郷が、どこか地方へ飛ばされたと、ネットの書き込みで知った。

『大豆生田の呪いか』

こちらが本業なのだと宅配便事務所の仕事を週六にしてもらい、本腰を入れて取り組むようになって一年後、所長から社員への昇格試験の打診を受けた。

——漣さんは仕事の段取りが頭の中で先々まで見えているのか、動きに無駄がない。何かスポーツでもやっていたのかね。

そう訊かれて、趣味でドラマの脚本を書いていたからだと思います、と答えると、驚いたことに、五〇代半ばの男性所長は脚本が何かを知らなかった。毎週大河ドラマを楽しみにしているというのに。台詞とト書きが書いてある本のことだと説明すると、台本のことかと納得したが、だからといって毎週オープニングから必ず見ている大河ドラマを、誰が書いているのかは知らなかった。名前を挙げても首をひねるばかり。有名脚本家の名前を数人挙げて唯一、理解できていたのは、映画監督としても名を上げている人だった。野上浩二の名前など初耳だったようだ。

脚本家などその程度のものだったのかと肩の力が一気に抜け、形ばかりの昇格試験を受ける手続きを行った。ツキノワグマのマークが入った特大の箱を一つ買い、脚本の教本、書き溜めたオリジナル脚本、これまでの応募原稿をコピーしたものなど、脚本に関わる物を全部入れて、実家へ送った。きれいさっぱり脚本からは手を引くのだ。プロットを書くために本や漫画を読む必要もない。ドラマや映画も純粋に自分が見たいと思うものだけ見ればいい。実家の母親からは、脚本家をあきらめたのなら帰ってくればいいと、電話越しにでも機嫌がよいのが伝わってくる口調で言われたが、社員になることを理由に断った。何への未練が自分を東京に残しているのか解っていたが、精一杯、気付かないふりをした。

それから数日後、ふらりと映画館に行き、以前から注目していた藪内享《やぶうちとおる》監督の最新作を見た。才能はあるが殻をやぶりきれていないと批評家から五年以上も言われ続けていたが、この作品でそれも終わるだろうと確信できるような出来だった。そして……、エンドロールにまたもやあの名前を見つけてしまった。

大豆生田薫子。

何もかもを奪われた女が復讐を果たす物語だった。感動するような内容ではない。淡々と人が死んでいった。笑った場面もいくつかある。それなのに、ラストは涙が溢れて止まらなかった。愚かで強い人間という生き物を心から愛おしく感じ、自分もその人間なのだなと、明日からの生き方について考えた。……それを、大豆生田が書いた。

手放しで感動していていいのか？　見ている側の人間でいいのか？　何をしているんだ私は。思い出せ、一度は彼女の上に立ったことを。また、一から、新人賞への応募からやり直せばいいではないか。

『藪内監督の撮影はすばらしかったが、脚本は最悪』

一度封印された勢いで溢れ出すように書いても書いてもアイデアは尽きることなく、私は片っ端から作品を仕上げ、大小あらゆる脚本コンクールに応募した。テレビドラマだけではない。映画、ラジオドラマ、演劇。特に映画用には力が入った。

大豆生田の映画は初動こそ芳しくなかったものの、淡々とした奇妙な爽快感と賛否両論を巻き起こす結末に評判が集まり、徐々に数字を伸ばしていった。年末には、国内ほとんどの映画祭に各部門でノミネートされ、作品賞を始め、監督賞など数多くの賞を取った。大豆生田も脚本賞を受賞した。次作も藪内監督と組むといくつかの映画雑誌に発表もされていた。

思えば、私も映画向きなのかもしれない。感情を深く掘り下げるのが得意な私に、テレビの軽さは合わない。特に近年は解りやすいことが最重要視されている。しかし、一年を通じてのコンクールの結果はどれも二次選考か最終の一歩手前止まりだった。

『受賞するかどうかは運次第。新人コンクールなんて、そんなもん』

3チャンネルのそんな書き込みに頷き、映画板で大豆生田への批判を見つければ、ざまあみろ、と溜飲を下げる。気が付けば、そんな日々に逆戻りしていた。燃え尽きてしまった。この表現がぴったりだ。

新作の公開を控えて、大豆生田の顔を映画雑誌で見かける機会が増えた。ヒット映画を一本書いただけでは、脚本家がこれほどクローズアップされることはない。新作が日本での公開前に海外の映画祭に出品されることが決定した上、この映画が何らかの賞を受賞したら大豆生田と結婚すると藪内監督が公言したため、お祭り気分で取り上げられているのだ。

それにしても、監督も周囲の映画関連の人間も大豆生田にアドバイスしてやらないのだろうか。彼女のインタビューは頭を抱えたくなるようなものばかりだ。

『好きな映画は何ですか？　「スター・ウォーズ」です』

『好きな小説は何ですか？　「そして誰もいなくなった」です』

『好きなテレビドラマは何ですか？　「ロングバケーション」です』

教養の浅さを露呈しているようなものではないか。映画への信用もガタ落ちになりかねない。極め付きはこれ。

『大豆生田は死別した夫の苗字ですが、結婚後もこの名で脚本家として活動することを許してくれた藪内監督の懐の深さに、尊敬の念を抱いています』

受け狙いとしか思えない。だが、グラビア写真の彼女はこれが本当にあの大豆生田かと目を疑うほどにきれいになっていた。服装も髪型も化粧の仕方も洗練されている上、女優のように堂々とした笑みを浮かべている。勝者の笑顔だ。

敗者は私。もしも、野上浩二があのとき癌宣告をされていなければ、前年に退いていれば、他の審査員二人がもっと主張してくれていれば、いや、ごく公正に多数決のみで決められていれば、ここに写っているのは私だったかもしれないのだ。大豆生田のあの酷い「サバイバル・ゲーム」の映像化すら次へと繋がったのだから、「月より遠い愛」がオンエアされていれば、確実に、郷以外の業界関係者からも声がかかっていたはずだ。

そもそも、大豆生田薫子があの回に応募しなければ。最初から映画脚本を目指していれば。彼女がいなければ――。

『大豆生田薫子に消えてほしい。業界からではなく、この世から』

今日、受付カウンターに、アルミ缶と紙粘土で作った巨大オブジェもどきを、むき出しの状態で持ってきた女がいた。年は私と同じくらいか。これを送りたいというので、梱包を手伝ってやっていると、とがった箇所で指を切り、オブジェもどきに血が流れ、粘土の部分に沁み込んでしまった。女は、コンクールへの応募作品なのにと、顔を真っ赤にして怒り出した。明日が締切なのにどうしてくれるのだと、宅配便受付終了五分前である六時五五分を示した時計を指さして、私に押し迫ってきた。

どうしてくれるのよ、と泣きわめき、土下座しろ、と私を壁際まで追い詰めた。そんなことをする義理などどこにもない。そもそも、こんなわけの解らない作品が入賞するコンクールなどあり得ない。だが女は、器物破損で警察に訴えるとまで言い出して、土下座で気が収まらないいじゃないか、と所長に耳打ちされ、仕方なく薄汚れた床に膝をついて頭を下げた。体中の毛穴から血が噴き出すのではないかと思うほど、悔しさに血が沸きたった。

家に戻り、滾《たぎ》り続ける怒りをぶつけるようにパソコンのキーボードを叩いていると、絆創膏を貼った指先に再び血が滲み、それでもかまわず指を動かし続けているうちに、キーボードが赤く染まっていった。

どうして私が、どうして。こんなはずじゃなかったのに。

すべての文字のキーボードが染まったところで、パソコンを開いたまま力なくテレビを点けると、黒いドレスに身を包んだ大豆生田薫子の姿が目に飛び込んできた。同じく黒いタキシードを着た藪内監督と腕を組んでレッドカーペットを歩いている。無数のフラッシュを浴びる彼女の姿に自分の姿を重ねた。たった三年。同じステージの上に立っていたはずなのに。大豆生田薫子さえこの世に存在しなければ――。


『大豆生田薫子を消す！』


銀の鈴賞という第二席に当たる賞を受賞してからの凱旋帰国だというのに、空港出口で待ち構えている人はほんのわずかしかいない。この便ではなかったのだろうか。やはり、注目を浴びているとはいえ、映画賞への賞賛を、普通の人たちは主演俳優だけに送るのかもしれない。昨日帰国したとニュースが流れていたが、本人の顔が見えないくらいにファンでごったがえしていた。だが、監督は別格ではないのか。結婚宣言までしているのに。

そんな疑問はこちらに向かってくる大豆生田の姿を見て解消された。監督と一緒ではなかった。映画会社の人なのか、スーツを着た若い女性と並んで歩いているのだが……、おそらくあれを大豆生田だと認識できているのは私だけではないだろうか。

三年前の授賞式の時と同じ顔をした、冴えない格好の女が疲れた様子でこちらに向かってきている。それでも、チャンスは一瞬だろう。大きな赤いバラの花束を胸の前で抱え直した。

大豆生田が近付いてきた。それでもまだ数十メートルあるが、目が合い、片手を上げられる。まるで私がここに来ているのを知っていたかのように。もしや、私の思惑など見透かされているのだろうか。一瞬、足が固まりかけたが、もう後には引けない。

片手で花束を軽く持ち上げ、お祝いに駆け付けたわよ、というふうに思い切り笑みを浮かべてみせた。一歩、また一歩と大豆生田がこちらにやってくる。もうすぐ手が届きそうな距離だ。が、背後から荒い息遣いが聞こえてきた。ちらりと振り返ると、ナイフの刃先が目に入った。彼がどうして。考えるより前に体が動いた。

「漣さん!」

悲鳴を上げ、目を見開いて私を見ている大豆生田の胸に花束を押しつけた。心に決めていた言葉を出そうとしたのだが、背中が焼けるように熱く、喉元辺りで言葉を飲み込んだまま、私は花と一緒に大豆生田の足元に崩れ落ちた——。

*

私は漣涼香さんをずっと誤解していました。毎朝テレビ脚本新人賞で最優秀賞を受賞した私を妬んでいるとばかり思っていたのです。何の根拠もなくそんな被害妄想に陥っていたのではありません。授賞式の日、私は漣さんと直下さんとメールアドレスの交換をし、互いの応募原稿を送り合う約束をしました。翌日には皆、約束を守り、メールで感想などもいただきました。漣さんも直下さんも、号泣したとか、感動に震えたとかいった褒め言葉と一緒に、こうしたらさらによくなるというアドバイスもいくつか送ってくれました。私の周囲には脚本を書いている人などいなかったので、友人というよりも、仲間ができたような心強い気分でした。

でも、同じ日に3チャンネルの創作文芸板、毎朝テレビ脚本新人賞のスレッドに、私の作品を誹謗する書き込みがあったんです。私はそのようなサイトを見たことがなかったのですが、弟が教えてくれました。だけど、それは仕方のないことだと思います。逆の立場だったら、こういうところに書き込みはしないとしても、同じ気持ちは抱いたはずですから。

その後、受賞作「サバイバル・ゲーム」が映像化されると、やはり、二人からお祝いのコメントがメールで届き、掲示板には罵詈雑言が並びました。ただ、これも仕方ないことなのかもしれません。担当してくださった毎朝テレビの郷プロデューサーは私の作品を全く評価してくれておらず、どうにか自分の気に入る作品に仕上げるために、一行ずつに注文をつけてこられたので、しまいには私も何を書いているのか解らなくなってしまい、支離滅裂な内容になったのですから。

おまけに主演女優の演技も酷いものでした。郷プロデューサーと付き合っておられたようです。ただし、彼は既婚。そういうことをよくされていたようで、奥さんに訴えられたとかどうとか……。漣さんには関係のない話ですね。

でも、それが不完全燃焼で、もう一作、オンエアしてもらえるまではがんばろうと思うことができました。厳しい意見に向き合わなければ皆に認めてもらえる作品を書くことはできないだろうと、弟にネット検索の仕方を教えてもらいました。そこで、検索欄に自分の名前を打ち込みました。エゴサーチっていうんですよね。

そうしたら、あるブログにヒットしました。「月にほえろ」というタイトルで、小説やドラマ、映画などの感想を中心とした日記が書き込まれていました。そこにこんなことが書かれていたんです。

『大豆生田薫子さえいなければ、今頃は自分の作品がオンエアされていたはずだ。しかし、作品は惨憺たる仕上がり。プロデューサー、大豆生田をバカにしすぎじゃないの？　でも、ザマアミロだ』

漣さんのブログだと思いました。彼女は片手で数えられないほどのプロットを無償で引き受けていたのに、結果に繋がらないことにあせっていたのだと考えたのです。傷つきはしませんでした。むしろ、人間の裏表を観察するいい機会ではないかと。

主人と一緒に死にたくて無謀な行為を繰り返したのに、簡単に死ぬことはできなかった。でも、心は壊れていたのだと思います。私のような人間はたくさんいる。しかし、心が壊れている人間の方がより生命の強さを知っているのではないか。そんな物語を書いてみたいけれど、テレビドラマの世界に受け入れられるはずがない。

そんなふうに自分で内容を制限していたところに、漣さんからメールが届きました。人殺しを主人公にしたドラマを書いてみたらどうか。テレビではご法度なことこそ新人が書く意味があるのではないか、と。

ストレートに受けとめてよいのか悩みながらも、これで勝負してみようと挑むような思いで書いた作品は、郷プロデューサーには無視されましたが、制作会社Kテレビの石井プロデューサーの目に留まり、映像化していただくことができました。それを見て、藪内監督が直々にお声をかけてくれたのです。監督は人間の暗部を思い切りさらしながら、生命の強さや尊さを訴えることができる作品を作りたいと、前々から考えていたそうです。そうして、ご存じのように今の私がある。

シンデレラストーリー、と言われることを否定はしません。お城へ向かうための魔法をかけてくれたのは、亡き夫であり、石井さんであり、藪内監督であり……、漣さんでもあったのです。

しかし、漣さんは私をどう思っているのか。映画祭からの帰国前、久しぶりに「月にほえろ」を見てみると、殺人予告とも受け取れるような書き込みがされていました。念のため、監督や映画会社の人たちに相談しました。狙われるとしたら空港でかもしれない。人がごったがえしているとかえって危険なので、監督とは別の便で帰ることにし、私服の警察官に付き添ってもらって出口を出ると、漣さんの姿がありました。大きな花束を抱えていました。その下に包丁でも隠し持っているのかもしれないと身構えました。

やはりという絶望的な思いと、それでも感謝の言葉を伝えたいと願う気持ちがゴチャまぜになったまま、私は彼女に向かい手を上げました。私服警察官への、あの人が犯人だという合図です。

私は緊張しているのを悟られないよう気を付けながら、漣さんの方に向かっていきました。あともう少し、互いの手を伸ばせば届くという距離までやってきた時です。漣さんの後ろから男が飛び出してきました。手にはサバイバルナイフが握られていて、こちらへ突進してきました。そこに……。

漣さんが私をかばうように覆いかぶさり、刺されてしまったのです。

犯人は直下さんでした。そして、「月にほえろ」も直下さんのブログだったのです。漣さんも直下さんも共に優秀賞でしたが、「ザ・ドラマ」に掲載された選評を読めば次点は漣さんだと誰でも解るはずです。だから、私は漣さんだけを疑っていた。

おそらく、直下さんは漣さんがデビューすれば、彼女のことも同様に批判したのでしょう。何かしら、結果を出せない自分への言い訳が欲しかっただけなのだと思います。考えてみれば解ることですよね。妬む気持ちを前向きなパワーに昇華できないのは、大概、男性だというのに。

このブログは漣さんのものだと私が断定しなければ、警察がちゃんと調べて、今回の事件は防げたはずです。漣さんへの感謝と罪滅ぼしのため、藪内監督の受賞後第一作として、漣さんのオリジナル脚本を撮るという案が挙がっています。エンドロールに名前がクレジットされたら、漣さんは天国で喜んでくれるでしょうか。

漣さんの本物のブログにあった、最後の書き込みを紹介して、この度の事件に関するインタビューを終了させていただきたいと思います。

『悔しい、悔しい、悔しい。だが、この悔しさが私を脚本の世界に留めていてくれる。夢をあきらめるなと誰よりも強く語りかけてくれるのは、大豆生田薫子なのだ。親友とは、このような存在のことをいうのではないか。親友を得たことを心の底から幸せに思う。この思いを伝えるために、彼女に花を届けよう。そして言うのだ。出会ってくれてありがとう、と』

罪深き女

先月19日、日曜日、H県S市にある家電ストア「ミライ電機」で刃物を振り回し、死傷者15名を出したとして現行犯逮捕された黒田《くろだ》正幸《まさゆき》容疑者(20)は、犯行の動機について口を閉ざしたままである――。

＊

黒田容疑者、いいえ、そんな言い方はしたくありません。正幸くんがあのような凄惨な事件を起こしてしまったのは……、私のせいなのです。

私と正幸くんの関係を語るには、少し長いお時間をいただくことになるのですが、それでも構いませんか？　……では、順を追って話していきたいと思います。

私、天野幸奈《あまのゆきな》は一時期、正幸くんと同じところに住んでいたのです。〈パール・ハイツ〉という、きれいなのは名前だけで外観はおんぼろの木造二階建てアパートでした。私の部屋は一〇三号室で、生まれた時からそこに母と二人で住んでいました。母は未婚のまま私を産み、保険の外交員をしながら女手一つで私を育ててくれていました。決して裕福な暮らしとはいえず、休日に遊びに連れていってもらった憶えもありませんが、三食きちんと食べさせてくれていた分、正幸くんよりは恵まれた環境にいたのだと思います。

正幸くんがお母さんと二人で〈パール・ハイツ〉の二〇三号室に越してきたのは、私が小学六年生になった春でした。イチゴのパックを持って正幸くんと一緒に各部屋に挨拶に訪れているお母さんの印象は、きちんとした人だな、というものでした。独身者が大半の、住民の入れ替わりの多かったあのアパートで、引っ越しの挨拶に訪れたのは、私が憶えている限り、あの人くらいでしたから。

おまけに、ルビーのように輝く大粒のイチゴなんて、買ってもらったことなど一度もなかったので、それだけでも、いい人だな、と思えたものです。正幸くんの頰もイチゴのように赤くてツヤツヤで、心の中で「イチゴ坊や」と名付けてしまったくらい、可愛らしい顔をしていました。彼は小学一年生でした。私と五歳違いです。もしもこの年の差がもう少し狭ければ、今回の悲劇は起こらなかったのかもしれません。

イチゴのおかげでよい印象は持ったものの、その後は正幸くん親子のことなどまったく気に留めることなく、彼らが越してくる前と同じ日常を過ごしていました。たとえば、彼がもう少し頼りない子どもなら、一緒に登校してあげていたかもしれませんが、そういう子でないことは目を見ただけで解りました。

片親しかいないから。そんなことで人格を括られるのは、とても不愉快です。事件後、正幸くんが何も語らないのをいいことに、正幸くんの生い立ちを勝手に調べ上げ、犯行の動機を単純に彼の境遇のせいにして語っている心理学者をテレビで見ると、腹立たしさが込み上げてきます。私が刑事さんに真相を聞いてもらおうと決意したのも、彼らがあまりにも無責任なことを口にしていたからです。何も解っていないくせに。何も……。

それでも、私が彼のことを理解できるのは、片親という同じ境遇にあったからです。しかし、マイナスな意味合いではありません。周りの同年齢の子どもたちよりも、精神年齢がうんと高くなるという点においてです。母は私に自分のことは自分でしろとか、家事を手伝えとか言ったことは一度もありません。ただ、自分一人の力で立っている母の後ろ姿を見ていると、そこに寄りかかってはいけないと、子ども心に強く感じることができました。何て言うのでしょう？　家庭が人を支える土台だとすれば、私と母は水面にほんの少しだけ頭を出している石の上に二人で乗っているようなもので、どちらか一人でもバランスを崩してしまうと、二人して水の中に放り出されてしまう、そんな感じでした。それでも、ちゃんと二人で乗っていた。

正幸くんとお母さんも初めはそんなふうに見えました。正幸くんは一人で登校することも、お母さんが仕事から帰ってくるまで留守番することも、かなりの量のおつかいをすることも、全部できていたし、不安そうな表情を浮かべているところを見かけることもありませんでした。それどころか、彼の頬はいつもツヤツヤで、周りの人を幸せにできるような笑みを浮かべていました。

私だけが彼をそんなふうに見ていたのではありません。秋の運動会の時に六年生のテントから一年生のダンスを見ていると、隣の席の女子が、あの子可愛い、と言いました。彼女の視線の先にいたのは正幸くんでした。小柄な体で一生懸命踊っていました。出会った頃の彼は、同学年の子と比べて身長が低く、だからこそダンスも一番前で飛び跳ねるように踊っていたのです。でも、まだその時は、細身ではあったけれど痩せすぎではありませんでした。

「なんだ、正幸くんか」

私が言うと、隣の席の女子は、知り合いなの？　と訊いてきました。

「同じアパートに住んでる子。弟みたいなもんかな」

一緒に遊んであげるどころか、ほとんど口も利いたことがなかったのに、つい、そんな言い方をしてしまいました。何かと張り合いたい年頃だったのです。しかし、言霊《ことだま》とでも呼ぶのでしょうか。おかしなもので、口にしてしまうと、本当に彼が私の弟のような気分になってきたのです。その上、踊っている正幸くんに向かって手を振ってみると、彼は一瞬だけど、私にまぶしい笑顔を返してくれました。その時の誇らしさといったら。

それからも、正幸くんはアパートや校内で私を見かけると、声こそかけてはきませんでしたが、親しみを込めた笑顔を向けてくれるようになりました。もちろん、私も自分にできる最高の笑顔を彼に返していました。同じ境遇の私たちには言葉など必要ありませんでした。

あの子が私を頼ることはないかもしれない。だけど、本当に助けが必要な時には、私が力になってあげよう。

その思いは、中学生になっても、胸の片隅に残っていたのです。

吹奏楽部に入った私は毎日七時過ぎに下校するようになりました。朝も練習があり、小学生の時よりも一時間早く出なければならなかったので、アパートでも正幸くんの姿を見かけることはほとんどなくなりました。それが少し寂しい時期もありましたが、その方が何倍もよかったと思うのは、一年生の二学期半ば、新しい手袋が欲しいと思う気候になった頃でした。

すっかり日が落ちてからアパートに着くと、階段下に何やら黒い影が見えました。近付くと、正幸くんが膝を抱えて座っていました。

「家の鍵を忘れたの？」

私が彼に初めてかけた言葉です。私も年に数回、鍵を持って出るのを忘れて、母が帰ってくるまで、部屋の外で待たなければならないことがありました。だから、正幸くんが困っているのは彼の顔を見れば解りましたが、それほど深刻には捉えていませんでした。彼は少し何かを考えるように一拍おいて、頷きました。

「うちでお母さんを待つ？」

私の母が帰ってくるのはいつも九時を過ぎてからだったので、誰にも許可を取る必要はありません。しかし、それに対して正幸くんは黙ったまま首を横に振るだけでした。余所の家に上がることをお母さんから禁止されているのかもしれない。そんなふうに思い、それ以上は誘わずに、じゃあね、と言って私は自分の部屋に入りました。

ところが、カバンを置いて一息つくと、階上からドンドンと足音のような音が聞こえ、人の気配を感じたのです。正幸くんは鍵を忘れたのではなく、外に出されているのだと思いましたが、理由については、ヤンチャ盛りの男の子が何かイタズラでもしたに違いないと勝手に決めつけてしまったのです。

本当はお母さんが男の人を連れ込んでいたのに。

正幸くんのお母さんは事務用品を扱う会社で働いていました。よく、胸に会社名の入った制服を着たまま家に帰っていたので知っていました。紺色の地味な制服がよくなじんでいるような外見をしていたので、正幸くんを外に出して男と会っているとは、思いも寄らなかったのです。その上、私は中学生にもかかわらず、どうすれば子どもができるのかすら知らない奥手な子どもだったので、後日、正幸くんのお母さんが同じ制服を来た男の人を部屋に連れ込んでいるところを目撃しても、一緒にごはんを食べるのか、くらいにしか想像することができなかったのです。

二人がいかがわしいことをしているのに気付いたのは、私の母でした。アパートの構造のせいなのか、部屋の中にいると、隣室よりも、上の階の部屋の物音の方がよく響き、その音を聞きながら遅い食事を取っていた母が思い切り顔をしかめたのです。そうして、私にこんなことを言いました。

「周りの友だちで男の子と付き合っている子はいるの?」

いきなりどうしたのだろうと思いました。状況が飲み込めなかったこともあり、適当に誤魔化せばいいものを、ついバカ正直に答えてしまったのです。

「私の友だちにはいないけど、同じクラスや部活の子の中には結構いるよ」

その途端、バンと母が手のひらをダイニングテーブルに打ち付けました。こぼれたのは母の味噌汁でしたが、そんなことは目に入っていないかのように、私をまっすぐ睨みつけました。

「まさか、あんたもじゃないでしょうね」

テーブルを挟んでいなければ、飛びかかってきたのではないかといった剣幕でした。

「違う……」

嘘をついているわけではないのに、たった三文字を絞り出すのにも精一杯でした。

「お母さん、がんばって働いて、幸奈をちゃんと大学まで行かせてあげるんだから、しっかり勉強するのよ。自分が今何を一番に優先するべきなのか、しっかり頭に叩きこんでおきなさい」

彼氏もいないし、成績もそれほど悪くない。なのに、どうしてこんなに怒られなければならないのか。しかも、突然。外に飛び出してしまいたい気分でしたが、そうすると、何かやましいことがあるからだと受け取られそうで、グッと下唇を嚙みしめて耐えていました。しかし、そうすることによって、階上の音に何やら卑猥な声まで混ざっていることに気付き、仕方なく、わざとガチャガチャと音を立てて食事を終えた食器を重ね、流しまで持っていきました。

ふと、正幸くんはこの音や声をどこで聴いているのだろうと、不安が込み上げてきました。もしや、階段下にいるのではないか。外に出て確認したい気持ちでいっぱいでしたが、うっかり玄関ドアを開けようものなら、母に何を言われるか解りません。私はただ階上と母の視線を気にしながら、すでに時間割を済ませたカバンから教科書を取りだして、それほど必要のない予習を始めました。

1LDKのアパートに、一人きりになれる場所などありませんでした。外に出されているかもしれない正幸くんの心配をしながらも、親の目が行き届くことが、決して庇護されているということではない、と気付いたのです。母は片親だからこそ、私を立派に育てなければならないと気負っていたのかもしれません。そして、私の中にも、母の期待に応えたいという思いはありました。

それでも気になって、カーテンを閉めるフリをしながら窓ガラス越しに、階段付近に目を遣りました。そこに、正幸くんがいなかったので、少しばかりホッとしたのです。

児童虐待やＤＶの起きた家の近隣に住む人たちが、声が聞こえていたはずなのにどうして通報しなかったのかとか、見て見ぬフリをしたのかと暗に責められているのを、情報番組などで見かけることがあります。その度に、専門家は近所付き合いが希薄になったとか、他者に無関心な人が増えているとか、したり顔で言ったりするものですが、私は決してそれだけではないと思います。

気にはなるけど、それよりも自分の問題で精一杯な人はたくさんいるはずです。退屈な人がじっと耳をすましていれば、怒鳴り声や泣き声と解る音でも、気持ちを外に向けていない人にとっては、窓の外を車が通り過ぎるような、無音ではないけれど、耳まで届くことがない音になってしまうのです。

私がその頃抱えていたのは、階上からの音のせいで母が過敏になってしまった、異性問題についてでした。しかし、男の子と付き合っていたわけではありません。秋に町の神社で小さなお祭りがあり、私は部活動の友だちと一緒に行く約束をしていたので、母にそう伝えていました。

理恵《りえ》ちゃんと華子《はなこ》ちゃん、二人ともとても成績がよかったので、母は彼女たちと遊ぶことに対しては、いっさい厳しいことを口にしませんでした。一度会いたいというので、休日に二人をアパートに招待したことがあります。母は朝からちらし寿司を作り、ケーキまで買ってきてくれました。余程、彼女たちのことを気に入ったのでしょう。幸奈をよろしくね、と何度も口にしていました。その上、驚くべき話までしたのです。

「幸奈の父親は、幸奈が生まれる直前に交通事故で亡くなってしまって。K大学の教授をしていたのよ。父親似だったらもっと成績がいいはずなのに、まぐれで受かった私に似てしまったみたいなのよね。よかったら、勉強の仕方も教えてやってね」

父親が交通事故で死んだことは聞いていましたが、生前の職業はこのとき初めて知ったのです。母はなぜ今こんな話をしたのだろう。気にはなるけれど、訊くことはできません。

「へえ、お母さんもK大学なんですか？　すごい！」

理恵ちゃんがそう言うと、母は、そんなこと、と口ごもりながらも決して否定することなく、どうぞごゆっくり、と買い物に出ていきました。

多分、母の中にはいろいろな葛藤があったのだと思います。男の子と付き合うことにあれほどヒステリックになっていたのは、自分がそれで失敗したからではないでしょうか。母が私を産んだのは二二歳の時です。私は勝手に、父親は母と同年代の人だと思い込んでいたけど、教授というからには四〇過ぎ、母の倍くらいの歳だったと考えられます。学生と教授。もしかすると、母が卒業するのを待って籍を入れる予定だったのかもしれませんが、ちゃんとした関係であれば、妊娠が発覚した時に入籍するだろうから、二人は不倫関係にあったのではないかと思います。私は自分の祖父母という人たちに会ったことがありません。もしも、祖母が母と似たような性格なら、不倫の場合は間違いなく母を勘当するはずです。反面、正しい関係であったなら、シングルマザーになった娘を甘やかさないにしろ、必要なところで手を差し伸べてくれていたはずです。

本妻とのあいだには子どもがなかったため、母は私を産めば自分が本妻の座につけると計画的に妊娠したようにも思えます。しかし、父は死んだ。その頃には堕胎できる時期ではなく、仕方なしに私を産んだのかもしれません。

子どもさえいなければ、もっとやりたい仕事に就けていたかもしれないのに。男にうつつを抜かさなければ……。

母にとって、私を産んだことは失敗だったのです。父と付き合ったことも失敗だったのです。だから、父のことを詳しく話さなかった。交通事故で死んだことを打ち明けていたのは、シングルマザーになった原因が男に捨てられたせいだと周囲に思われたくなかったからでしょう。あと、保険の外交をする際にマイナスなエピソードではないという理由もあると思います。

それを何故、初対面の娘の友人の前であっけなく打ち明けてしまったのか。娘に理想通りの友人ができ、はりきって招待してみたはいいけれど、じゃあゆっくりしてね、と子どもたちだけを残して下がっていく部屋もないことに気付き、惨めな気持ちになったのではないでしょうか。

きっと、母の実家はそこそこ裕福だったのだと思います。自分が子どもの頃と同じような感覚でもてなしの準備をしたはいいけれど、同じようには事が運ばない。むしろ、こんな狭い部屋に住んでいることをわざわざ知らせたような形になり、どこかで帳尻を合わせようとした。それが学歴の話だったのかもしれません。

　こんなところに住んではいるけれど、あなたたちに遜《へりくだ》るような立場でもない。そんなふうにプライドを守るため、これまで娘に黙っていたことを話し、満足のいく答えが返ってきて気をよくしたのです。そして、私の友人たちのことがますます好きになり、祭りに行くのも二つ返事で了承し、小遣いまで持たせてくれました。

　ところが、仕事を終えて家に戻っても娘がいない。心配になって神社まで向かっていると、途中の道で娘と行き合った。娘は男と自転車の二人乗りをしていた……。

　母はその場では男の子に愛想よくお礼を言いましたが、家に帰った途端、私を畳の上に突きころがし、なじり始めました。この嘘つきが、いやらしい、と。そうではないと、私は泣きながら懸命にそうなったいきさつを母に説明しました。祭りには理恵ちゃんと華子ちゃんと三人で行った。神社に着いてから、吹奏楽部の少し派手目なグループの子たちと合流して、そこにその子たちと同じクラスの男子三人組がやってきて、皆で屋台で買ったから揚げやポテトを食べながらおしゃべりをしていた。とはいえ、私は男子とはほとんどしゃべっていない。学校では祭りは九時までと決まっていたから、その時間に合わせて皆で解散することになり、私と帰り道がたまたま同じ方向だったのがお母さんが会った子で、自転車に乗せてもらったのは、単に、向こうがネットゲームに参加するために急いでいたからだ、と。

「嘘だと思うなら、理恵ちゃんか華子ちゃんに訊いてよ」

　彼女らの名前を出せば解ってくれると思っていた私が浅はかでした。

「あの子たちだって、男の子と遅くまで一緒にいたことには変わりないじゃない。ちょっとはマシな子たちだと思っていたのに、期待外れもいいところ。もう、一緒に出かけるのは許さないからね」

母はそう言って、おしおきだと私を押入れに閉じ込めました。鍵？　そんなものはあの古いアパートの押入れには付いていなかったと思います。だけど、母が出てもいいと言うまでは、私は自分から戸を開けることができませんでした。どうして逆らえないのか、って顔ですね。二人きりで生きていくってそういうことなんです。

土日も、クリスマスも、冬休みも、私は一人で過ごさなければなりませんでした。理恵ちゃんたちは初めこそ心配して、どうして遊べないのかと訊いてくれましたが、勉強しないといけないから、と答えると、あっさりと納得したようでした。それにしては結果に反映されていないと、陰口を叩かれていたかもしれませんが。

そうやって、母を怒らせずに過ごすことに全神経を集中させていたので、正幸くんに起きていたことに気付けなかったのです。

階段下で再び正幸くんを見かけたのは、クリスマスの翌日でした。月に一度、アパートのゴミ置き場にリサイクルカーが周ってくる前日の晩で、束ねた古新聞を出しにいくために外に出ると、正幸くんがポツンと座っていたのです。粉雪がちらついているのに、薄いジャンパーを一枚着たきりです。

「何してるの？」

訊ねながら近寄り、ギャッと声を上げそうになってしまいました。小さな外灯の下でも解るほど、正幸くんの目は落ちくぼんでいたのです。眼球はトロンとして生気がありませんでした。病気なのではないか。

「お母さんは?」

慌てて訊ねましたが、正幸くんは力なく首を横に振るばかりです。いない、ということなのか。その時になって、そういえば最近階上の音が気にならなくなったな、と思い当たりました。もしかして、ずっと帰ってきていないのか。だから、お腹をすかせて、こんなにもやせ細ってしまったのか。目が慣れてくると、頬がこけているのも解りました。ツヤツヤのイチゴの面影を感じ取ることはできません。昨日今日食事を抜いたといった軽いものではなさそうでした。もっと前から、まともな食事にありつけていないのではないか。そこで気付きました。

どうにか給食で持ちこたえていたのに、冬休みになってしまったのだ、と。

「ちょっと、待ってて」

私は新聞の束をその場に置いて、部屋に戻りました。温かいココアやカップスープをあげたかったけれど、ちょうど母が帰ってくる時間帯でもありました。冷静な時の母なら正幸くんの置かれている状況を把握して、私が何かあげていてもそれが正しい行為だと思ってくれるはずですが、少しばかりタガが外れてしまっている母には、正幸くんすら男であって、私と一緒にいるところを目撃すると、また怒り出すかもしれない。そう思い、すぐに渡せるものを選ぶことにしました。幸い、菓子パンが一つありました。メロンパンです。それを持って出ると、正幸くんは同じ場所に同じ体勢で座っていました。

「これあげる。内緒で食べてね」

とにかく母に知られたくなかった。正幸くんの手にパンを持たせると、私はすぐに新聞の束を取り、ゴミ置き場に行きました。すでに山積みになっている古新聞の上にうちから持ってきたものを重ねていると、ただいま、と背中ごしに声をかけられました。母でした。間一髪です。

「忘れないように出さなきゃと思ってたのよ。助かったわ」

母は機嫌良さそうに言うと、私をねぎらうように肩に手を乗せ、寒いわね、とさらに体を寄せてきて、二人三脚の体勢で部屋に向かいました。階段下に正幸くんはもういませんでした。部屋に戻ってパンを食べているのだろうと、そっと灯りのともった二階の部屋を見上げました。

その夜、布団に入ってからも正幸くんのことばかり考えていました。

彼はどうしてあそこにいたのか。お母さんを待っていたのか。誰かに助けを求めていたのか。きっと、後者ではないかと思いました。そこに出ていったのが自分だったことに、めぐり合わせを感じました。

中学一年生の私は、思春期の子どもにありがちな、自分の存在意義について時折考えていました。勉強もスポーツも楽器の腕前も容姿も、すべて人並みな自分に、生まれてきた意味などあるのだろうかと、夜中に無性に泣きたくなったこともあります。母との関係がぎこちなくなってからは、むしろ生まれてこない方がよかったのかもしれない、と自分の存在しない世界を想像し、その中で母や友人たちが笑っている姿を見つけては、消えてなくなってしまいたい思いにとらわれたりもしていました。

我が家にはパソコンがなく、私には携帯電話も与えられていなかったのですが、それらのツールが身近なところにあれば、両手で数えられないほど、「自殺」という単語を検索していたはずです。

でも、その夜の私は自分が役立たずだとは思わなかった。他人に甘えたり頼ったりするのが苦手な正幸くんがあの場にいたということは、そして、パンを受け取ったということは、本当に限界を感じていたからに違いない。もしも、私がパンをあげなければ、彼は今夜死んでいたかもしれない。

私が正幸くんを救ったのだ。そして、それが、私がこの世に存在している意義なのだ。彼を生かしたのは私であり、彼が生きていることによって、私もまた生きることができるのだ。

正幸くんはどんな思いでメロンパンを食べただろう。一口かじるごとに甘さが口いっぱいに広がり、食べること、生きていることの喜びをかみしめながら、大切に飲み込んだのではないか。絶望の中に、小さな灯りがともったのではないか。

大袈裟だと思われるなら、刑事さんはとても満たされた人生を送ってきたという証拠です。

だけど、彼を生かしたことによって、先月、三人もの尊い命が奪われました。

一人目は一七歳の女子高生。卓球部のキャプテンをしていて人望が厚く、将来は薬剤師になりたいと勉強もがんばっていたんですよね。

二人目は三四歳の会社員の男性。先月お子さんが生まれたばかりだとか。

三人目は五二歳の主婦。来月、生まれて初めての海外旅行でハワイに行くのを楽しみにしていたそうですね。ご主人の両親の介護をずっと続けてきて、ようやく自分の人生を楽しもうとしていた矢先の悲劇、と週刊誌に書いてあるのを読みました。

この三人を、正幸くんは包丁を振り回して殺害した。おそらく、個人的な恨みは持っていない、無差別な犯行だろうと言われていますし、私もその点においては同意します。

被害者の遺族の方たちが、過去に私が正幸くんにしてあげたことを知れば、どうしてあの時、放置しておかなかったのかと恨むでしょうね。大学のあれは、何の講義の時間だったのでしょう、先生がこんな問いを学生たちに投げかけたことがあります。

あなたは線路の切り替えレバーを握っています。そこにブレーキの故障した暴走列車が迫ってきています。片側の線路の先には善良な市民が一人います。もう片側の線路の先には極悪な犯罪者が五人います。あなたはどちらかに列車を向かわせなければなりません。さあ、どちらにレバーを切りますか。

単純な問いかけとしては、人数を選ぶか、個の人間性を選ぶかの選択だと思います。私はその時は犯罪者を犠牲にする方を選択しました。当然の選択で、議論になる余地もないと思っていたのに、善良な市民を犠牲にすると選択した人がいて驚きました。多数決では圧倒的に負けているのに、そういう人の方が声が大きく、持論を堂々と披露するものなんですよね。犯罪者の人権、って何だろうって白けた気分で聞いていました。

だけど、今、同じ質問をされて、犯罪者の一人が正幸くんだと想像すると、あの時のように簡単に答えを出すことはできません。いっそ、自分の体を投げ出して、暴走列車をくい止めることができればどんなにいいだろうと思います。

片側の線路の先にいるのは犯罪者かもしれないけれど、彼を犯罪者にしたのは私なのだから。

まさか、私はパンを与えたことを話したくてここに来たのではありません。私の罪はパンを与えたことではなく、パンを与えた責任を取らなかったことなのですから。

正幸くんにメロンパンを与えた翌日、母が出勤した後、私はおにぎりを作って正幸くんの部屋を訪れました。夜じゅう正幸くんのことを考えながら階上の物音に耳の神経を集中させていましたが、正幸くんのお母さんが帰ってきた気配はありませんでした。

ドアフォンを鳴らすと、バタバタと駆け寄ってくる足音が聞こえて、勢いよくドアが開きました。イチゴ色の頬ではないけれど、正幸くんの顔には生気が戻っていました。が、私の顔を見ると、がっかりしたように俯いてしまったのです。きっと、お母さんが帰ってきてくれたと思ったのでしょう。

私は片手に一つずつ持っていたラップで包んだおにぎりを正幸くんの前に差し出しました。正幸くんはパンのようにすぐには受け取ろうとしませんでした。昨夜のパンによってプライドも復活した証拠です。

「迷惑なら捨てていいよ。でも、内緒で食べてもらえると嬉しいな」

私は正幸くんの手におにぎりを押し付けるようにして無理やり持たせ、その場を去りました。

本当は家の中の様子も知りたかったのですが、子どもを置き去りにするような親に限って、誰か来てもドアを開けてはいけないとか、家に上げてはいけないなどと半ば脅すような形で言い聞かせているものです。また、たまに帰ってきて誰かが訪れた気配を察すると、自分の行為は棚に上げて、子どもを責めたりもするはずです。

正幸くんの命を救うための行為が、さじ加減を間違えると、死につながる行為になりかねないのです。それに、私は彼に恩を売りたいとは思いませんでした。だから、お礼の言葉を期待したり、悩みを打ち明けてくれるよう言葉巧みに誘導したりする必要もなく、食べ物を渡すだけで十分だったのです。それでも、三食届けたいという思いはありました。しかし、アパートの他の人たちの目も気にしなければなりません。正幸くんのお母さんにはもちろん、私の母にも気付かれてはならないことでした。そのため、訪問は一日一回に留め、差し入れの量も、私が食べたと言える範囲にしました。

しかし、私の距離を置いた態度が正幸くんの心を開くきっかけとなりました。正幸くんの部屋を三度目に訪れた時、彼は、ありがとう、と私に言ってくれたのです。その日は電子レンジで温めた肉まんをあげました。湯気の上がる熱々の肉まんのせいかもしれないけれど、彼の頬は熟す前のイチゴのようにほんのり赤みがさしていました。私のイチゴ坊やが戻ってきてくれたのです。

「何をしていたの?」

口を利いてくれたことが嬉しくて、私からも話しかけました。

「宿題」

「へえ、えらいね。解らないところがあったら、教えてあげようか?」

そろそろ家の中の様子を探ってみようとか、そんな下心があったのではありません。一人っ子の私が、きょうだいがいたらやってみたいと思っていたことをそのまま口にしただけです。さすがに断られるかもしれない。言った後で少し身構えてしまいましたが、正幸くんは肉まんを受け取った時よりもさらに目を輝かせて、うん、と頷いてくれました。

私は周囲の様子を窺いながら、部屋の中に入りました。洋服がちらかっていたり、シンクに洗っていない食器や悪臭を放つ残飯が残っていたりする様を想像していたのに、そういったものはありませんでした。むしろ、何もありませんでした。冷蔵庫まではさすがに開けられませんでしたが、台所のどこにも、スナック菓子やカップラーメンの買い置きなどの食べ物がまったく見当たらない状態でした。もしかして、母親はもう帰ってくる気がないのではないか、そんなふうに怖くなったほどです。

何もない部屋で私は正幸くんの国語の宿題を見てあげました。正幸くんは漢字が苦手なようでした。ノートの表紙には、習った漢字のみを使っているのか、「黒田正ゆき」と今にも空中分解してしまいそうな、線と線がくっつき合っていない文字で名前が書かれていました。

「まさゆきくんのゆきは、どんな漢字?」

訊ねると、正幸くんはノートの余白に横線が一本多い「幸」という字を書きました。

「お姉ちゃんと同じ。私の名前は幸せと奈良県の奈で、ゆきな、っていうんだよ」

名前に同じ漢字があるというだけで、ますますきょうだいのような気分になりました。もしかすると、前世は本当のきょうだいだったかもしれない。

「私たちは幸せを持っているんだよ」

母親から厳しく監視される私と、放置されている正幸くん。二人でなら、幸せになれるのではないかという希望すら生じてきたのです。ずっと一緒にいたかったけれど、宿題を見てあげたのは一時間足らずでした。私たちの関係を他の誰にも気付かれないように長く続けるためには、ピアノ線のような細さでからみ合わなければならない。翌日も私は正幸くんにパンを届け、宿題を見てあげました。この日は算数でした。

その翌日は、お小遣いで日持ちのするクラッカーなどを買い込んで正幸くんの部屋を訪れました。母が年末年始の休みに入るため、通えなくなるからです。もっと自由に行き来することが許されるのなら、年越しそばやお雑煮を一緒に食べたかった。しかし、それは叶わぬ望みです。ならば、もっと現実的に正幸くんが餓死しない対策を取らなければなりません。少しでも楽しい年越しとなるように、お菓子もいろいろ買ってあげました。正幸くんの喜びようといったら。

学校の友だちとクリスマス会も新年会もできませんでしたが、彼の笑顔が何よりのプレゼントでした。夜、布団に入り、天井を見上げながら、今日もこの上で彼は生きている、そう思うだけで、よい一日だったと思うことができました。

正幸くんのお母さんが帰ってきたのは一月一日の朝でした。午前中に母とあの祭りのあった神社へ初詣に行き、その足でスーパーの初売りに向かうと、お母さんに手を引かれた正幸くんがいたのです。正幸くんは男の子用のキャラクターの模様が入ったお菓子の詰め合わせの袋を持っていました。数歩進んでは立ち止まって紙袋の中を覗くその表情は、私が見た彼のこれまでのどの表情よりも幸せそうでした。

どんな扱いを受けようとも、子どもは母親が好きなのです。私だって、友だちと学校以外で会えないのは寂しいけれど、二学期の通知表を見ながら母が褒めてくれただけで、これでいいのだと思うことができたくらいです。

ただ、正幸くんが幸せそうに見える分、お母さんに対しては腹が立ってきました。ずっとずっと放置しておいて、あの程度のお菓子で穴埋めできたと思っているのだろうか。私がいなければ正幸くんは死んでいたかもしれないのに。

あんたは人殺しになっていたかもしれないのに……。

そこで、私は自分の過ちに気付きました。久しぶりに帰ってきたお母さんは正幸くんが元気そうなのを見て、放置していても大丈夫だと思い込んでしまったかもしれない。となれば、自分の行為に反省もしないだろうし、この次はもっと長いあいだ出て行くかもしれない。

私が正幸くんのことを真剣に案じていたというのに、正幸くんのお母さんは何食わぬ顔をして私たちの方にやってきました。正幸くんは私との約束を守ってくれているのか、お母さんの後ろに隠れて、その時は私の方を見ようともしませんでした。

「去年はいろいろとお世話になりました」

正幸くんのお母さんは私たち、特に、母の方を向いて笑顔で頭を下げました。もしかすると、正幸くんに差し入れをしていたことを気付いているのかもしれない、と私はお母さんと目を合わすことができませんでした。

「いいえ、こちらこそ」

母が答えて、ただの年始の挨拶なのだとホッとしたのも束の間、正幸くんのお母さんは驚くべきことを口にしました。

「月末に引っ越すことが決まりました」

再婚することになったのだ、と正幸くんのお母さんはかつての彼と同じくらい頰を赤く染めて、誇らしげに言ったのです。

「それはおめでとうございます」

母は年始の挨拶よりもさらに社交辞令だと解るような感情のこもらない声で言うと、じゃあ、と私の背を押し、売り場の方へ足を進めました。引っ越すことを正幸くんは知っていたのか、それをどう捉えているのか、知りたい気持ちは溢れるほどだったのに、私は振り返ることができませんでした。

アパートに戻り、こたつに入ってテレビに目を遣っても、内容はまったく入ってきませんでした。正幸くんが引っ越してしまう。お母さんが再婚することにより、彼を放置することがなくなるのであれば、悲しい別れではありません。しかし、前向きな想像はまったくできませんでした。相手の男はここしばらく、お母さんが正幸くんを放置していたことを知っていたはずです。常識ある人ならば、たとえ二人きりで過ごしたいと思っても、子どもの面倒を見るために家に帰るよう言うはずです。むしろ、あの見た目が真面目そうなお母さんが無責任な行為をするようになったのは、男に唆《そそのか》されたからとも考えられます。そんな相手と正幸くんが一緒に住むことになれば、まさか暴力を振るわれやしないか。考えれば考えるほど、正幸くんが不幸になる結末しか思い浮かびませんでした。

相手の男と一緒にこのアパートに住むのなら、私が正幸くんを守ることができます。しかし、遠いところに越してしまったら……。ただでさえ外出を制限されている私は何の力にもなれないはずです。

テレビから笑い声が響きました。いかにもお正月といったお笑い番組を見ているのに、笑わなかったら母に不審に思われるかもしれない、と向かいに座っている母の顔をちらりと盗み見ると、母も笑っていませんでした。

「何がおもしろいんだか、さっぱりわからない」

そう言って、歌番組にチャンネルを替えました。卓上のリモコンに手を伸ばす際、チラリと天井に目を遣ったのを私は見逃しませんでした。母は母で正幸くんのお母さんの再婚がおもしろくなかったのかもしれません。

「まあ、どうでもいいけど」

テレビに向かって言っていたのか、階上に向かって言っていたのか。その時、電流のように私の中をある思いが駆け抜けました。正幸くんのお母さんが階上の部屋からいなくなれば、母は以前の母に戻るかもしれない。男を殊更意識せず、穏やかに過ごすことができるかもしれない。

私も解放されるかもしれない。

期待が高まる一方で、そんなことを考えている自分が情けなくなりました。自分さえ幸せになれたらそれでいいのか。正幸くんは所詮、不幸な自分を慰め、励ますだけの存在だったのか。二人が幸せになれるにはどうすればよいのかを考えるべきではないのか。

せめて、引っ越し先を訊くことはできないか。

悶々と考えているうちに、新学期が始まり、正幸くんが引っ越す日が迫ってきましたが、私の悩みは思いがけない形で解決されました。

正幸くんのお母さんが通り魔に襲われて、顔に大ケガを負ったのです。刃物で頬やおでこを何カ所も切りつけられたというニュースは、アパート周辺だけではなく、学校内でも大事件として取り上げられました。犯人が捕まらなかったのだから、尚更です。被害者が私と同じアパートに住んでいる人だと知ると、理恵ちゃんや華子ちゃん、校内でもだんだんと疎遠になっていた二人から、興味深げにどんな人だったのかと訊ねられました。もちろん、子どもを放置するようなろくでもない人だ、とは言っていませんが。

よく解らない、と曖昧に答えただけですし、実際に事件の詳細についてはほとんど知りませんでした。チラリと見かけた正幸くんのお母さんがミイラのように頭全体に包帯を巻かれていたことくらいです。時を同じくして、正幸くんがインスタント食品などが入ったレジ袋を提げて歩いているのをよく見かけるようになり、甲斐甲斐しく母親の世話をしていることに、胸が熱くなったりもしました。

正幸くんを放置したバチが当たったのだと思ったり、同時に、正幸くんが餓死する心配はしばらくしなくていいのだなとホッとしたり。

同級生の女子たちは刃物で襲う不審者を恐れていましたが、しばらくすると、犯人は女で、動機は怨恨だという噂が広まり、ならば自分は関係ないと徐々にこの話題も収束していきました。正幸くんのお母さんが再婚する予定だった相手には他にも付き合っている人がいて、その女が襲った。

「だから、顔を狙ったんだよ」

理恵ちゃんがしたり顔で言いました。そして、犯人の思惑通りになったのか、月末を過ぎても正幸くんとお母さんが引っ越していくことはありませんでしたし、アパートに相手の男が訪れる気配もありませんでした。

だけど、それで正幸くんが幸せになったとは言い難いものがあります。たまに見かけるお母さんはいつもお酒に酔ったようにふらふらしていたからです。包帯が取れても、両側の頬に傷痕は大きく残っていました。そんな顔で出歩くのは嫌なのか、正幸くんは学校帰りにいつもレジ袋を提げていました。

「買い物、大変じゃない？」

ある日、アパートの前で会った正幸くんに訊ねたことがあります。正幸くんは黙ったまま首を横に振りましたが、レジ袋をそっと覗くとチョコレートなどのお菓子もいくつか入っていたので、少し安心してしまいました。

「困ったことがあったら言ってね」

そう声はかけたけれど、私の中ではもう問題の難所は乗り越えたものになっていたのかもしれません。だから正幸くんを百パーセントの気持ちで心配することができず、それを正幸くんにも見抜かれてしまった。二人で幸せになるのではなかったのか、と。

そして、正幸くんは復讐を決意したのです。

正幸くんとお母さんの引っ越しは取りやめになりましたが、階上の部屋に男の気配、いや、性の気配がなくなると、私が淡い期待を抱いた通り、母はそれほど私に厳しいことは言わなくなりました。もちろん、男子と付き合ったり、遊びに行ったりするのは禁止でしたが、理恵ちゃんや華子ちゃん、女友だちと出かけることは許可してくれるようになりました。

それだけでも十分幸せだったのに、二年生になった早々、同じ部活の男の子から告白されて、付き合うことになったのです。もちろん、母にバレないように細心の注意を払って。生まれて初めてできた彼氏は白井光喜《しらいこうき》くんという子でした。吹奏楽部内ではトロンボーンを担当していて、それほど目立つ存在ではありませんでしたが、よく気の利く優しい子でした。だからこそ、突然、皆と遊ばなくなった私を気にかけてくれていたのです。部活のことで何か嫌なことがあるのなら、相談してほしいと言われましたが、母のことを打ち明けるわけにはいかず、それももう解決したことでした。

しかし、二人でいるところを見られたが最後、またあの窮屈な日々に逆戻りしてしまいます。ならば、男子と付き合わなければいいのですが、あの頃の私は、内緒にしなければならない、というところに魅力を感じていたのかもしれません。もしも、母が男の子と付き合うことに理解を示してくれる人なら、白井くんに告白されてもあまり楽しそうな子ではないなと断っていたような気がします。そういう意味では、相手は誰でもよかったのかもしれません。

幸い、同じ部活だったので、約束のために電話をする必要もなく、母の目を忍ばなければならないことはそれほどありませんでした。母の保険の外交の担当エリアは隣町だったので、通勤エリアを避ければバッタリ出くわす心配もありませんでした。とはいえ、中学生なので、デートをするといっても、スーパーのフードコートやゲームコーナーに行くくらいでしたが。今となっては二人でどんな会話をしたのかも思い出すことができません。他の吹奏楽部の子たちも一緒のことの方が多く、二人で会ったのは片手で数えられるくらいでしょうか。

そのくらいしか会わないうちに、白井くんとのことを母に知られてしまったのです。何の前ぶれもありませんでした。衣替えのシーズンで、夏用の制服を出していると、母が仕事から帰ってきました。私はちょうどよかったと、母に新しい下着を買うお金が欲しいと頼みました。私の通う中学の制服は、女子はセーラー服で、下には下着兼用のTシャツやタンクトップを着ていました。それが、一年生の時は白のみと決まっていたのですが、この年から黒でも可になったのです。透ける心配がないため、理恵ちゃんも華子ちゃんも黒を買ってもらうと言っていたので、私もそうしたいと思いました。

「よくもまあ、そんなことを恥ずかしげもなく言えるわね」

母の目付きも口調も冷ややかなものでした。タンクトップのことだと今更言っても母の表情は変わりそうもありません。だけど、たかだか下着でどうしてこんな言われ方をしなければならないのか。

「幸奈、先週の金曜日、放課後、誰と一緒にいたの」

一瞬のうちに体が硬直し、脇から冷たい汗が流れるのを感じました。白井くんと二人でスーパーのフードコートに行った日でした。始まったばかりのかき氷を一緒に食べる約束をしていたのです。

「部活の友だちみんなと」

「理恵ちゃんたちも？」

私は黙ったまま頷きました。

「嘘つかないで。男の子と二人でいたんでしょう？　お母さん、聞いたのよ」

「誰に？」

母に告げ口をした人がいる。

「そういう問題じゃないでしょ！」

怒りにまかせて上げた声には、少しばかり、しまった、というニュアンスも含まれていたように思います。母は仕事においては社交的だったかもしれませんが、そこで知り合った人は私の顔を知らないはずです。私の顔を知っているアパートの人たちは、告げ口するほど母と親しくしていなかったのに。

ふと、私は重大なことに気付きました。あのスーパーのレジ袋を提げている人を私はよく知っているではないか。正幸くんです。しかし、私が男の子と一緒にいるところを見て、母に告げ口などするだろうか。いや、彼だからこそそしたのです。二人で助け合って生きていくはずなのに、私が他の男といるところを目撃してしまった彼は、私に裏切られたと感じたに違いありません。

母は相手の男子の電話番号を教えろと言いました。知らない、と目を逸らすと、学校へ電話して不純異性交遊をしたとして罰してもらう、と受話器を持ち上げられ、私は仕方なく吹奏楽部の名簿を母に差し出し、この子だと白井くんの名前を指さしました。母はそのまま電話をかけました。白井くんは塾で不在だったようで、白井くんのお母さんに向かって酷い言葉を投げつけていました。

「お宅では息子さんにどういう教育をしているんですか。万が一の時にはどう責任を取るつもりなの！」

万が一も何も、まだ手も繋いでいなかったのに。明日からどうやって学校に行けばいいのだろうと、目の前が真っ暗になっていきました。学校に爆弾でも落ちればいいのに。明日、目が覚めたら世界が終わっていたらいいのに。そんなどうしようもないことを考えているあいだにも母の罵詈雑言は続いていました。

「ところで、お宅のご主人はどこの大学を出られているんですか？　……まあ、そんな聞いたこともないところ。そりゃあ、息子さんをきちんと教育しろと言っても無理でしょうねえ」

もうやめてくれ！　私は外に飛び出しました。遠くへ逃げたい。母が追い付いてこられないところまで逃げてしまいたい。だけど、どの方向に行けばいいのかも解らず、ならば隠れてしまおうと、階段下に向かうと、そこには先客がいました。

正幸くんです。彼がどうしてそんなところにいるのか解りませんでした。また、お母さんが帰ってこないのか。締め出されてしまったのか。ケンカでもしてしまったのか。だけど、どうでもいいと思いました。その時は、私の方が明らかに不幸だったからです。しかも、その原因は正幸くんにあったのです。責めてやりたい、思い切り罵ってやりたい、そんな思いが込み上げてきたのに、正幸くんの顔を見ると、涙の方が先に溢れ出て、力なく彼の横に座り込みました。そんな私に正幸くんは励ますように、無言のまま体を寄せ付けてくれました。

「助けてよ……」

膝をかかえて俯いたまま、私は声を絞り出すようにして言いました。

「助けて。私だって助けてあげたでしょ……。今度はあんたが助けてよ」

正幸くんから返事はありませんでした。一階の部屋のドアが開き、母が私の名前を呼びました。どんなに辛くても、私はあの人のところに戻るしかないのです。

「ゴメン、今の、忘れて」

正幸くんにそう言い残し、私は部屋に戻りました。思いの丈も日頃のストレスもすべてぶちまけきったのか、母はもう私を怒りませんでした。

「結局、世の中なんて運の良し悪しで決まるのよ。変な男にたぶらかされたのも、運が悪かっただけ」

それが、最後に聞いた母の言葉でした。その夜、アパートで火事が起きたのです。火元は正幸くんの部屋でした。お母さんのタバコの不始末が原因と言われていますが、私は正幸くんが火を点けたのではないかと思っています。だって、私が頼んだその日に偶然火事が起きるなんて考えられないじゃないですか。

お母さんが罪に問われることを承知で、私を救ってくれたんです。その証拠に……。

夜中、窓の外から「お姉ちゃん」と正幸くんの呼ぶ声が、確かに私の耳に聞こえてきました。夢だろうかとぼんやりした頭で辺りを見回すと、天井が燃えているのが見えて、慌てて窓から外に飛び出しました。夢中で飛び出した後に、母を助けなければと窓辺に戻り、「お母さん」「お母さん」と叫びましたが、母が目を覚ます気配はまったくありませんでした。後で知ったことなのですが、母は睡眠薬を服用していたそうです。その夜だけではありません。母には心療内科の通院歴があったのです。初めに訪れたのは、正幸くんのお母さんがアパートに男の人を連れ込んだ頃でした。母は自分が精神的にまいっていることに気付いていたのです。

せめて、病院に通っていることを私に伝えてくれていれば、私の母に対する思いももっと寛容なものになっていたかもしれないのに。母の病気が治るまでは、ちゃんといいつけを守って男の子とは付き合わないでおこうと自分に言い聞かせることができていたかもしれないのに。そうすれば、正幸くんに救いを求めることもなく、母は死なずにすんだかもしれないのに……。

アパートの火災では母ともう一人、正幸くんのお母さんも亡くなりました。

ああ、こんなことを打ち明けてしまったら、正幸くんが殺した人の数が増えてしまうだけですよね。だけど、半分は私のせいでもあるのです。

アパートは全焼し、母が亡くなったため、私は児童養護施設に入ることになりました。施設は隣町にあったため、中学も転校することになりました。白井くんにも、理恵ちゃんや華子ちゃんにも顔を合わせずに去ることができたのだから、正幸くんは私の望んだ通りにしてくれたことになります。

それ以降、正幸くんに会うことはありませんでした。彼もまた、遠い田舎町に住む親せきのもとで暮らすことになったと噂で聞いていたので、もう二度と会えないのだろうと思っていました。願わくは、彼がこの星の下で幸せに生きていますように。その思いは常に私の中にあり続けました。だからこそ、すれ違っただけで、正幸くんだとすぐに解ったのです。

先月のことです。新しい掃除機を買うために、駅前の家電ストアを訪れると、入り口でどこか見憶えのある男の人とすれ違ったのです。ツヤには欠けるけど、赤いイチゴ色の頬は私の記憶を一瞬で、あの頃に巻き戻しました。

「正幸くん！」

背中ごしに声をかけると、彼は足を止めて振り向いてくれました。あっ、というような顔をしたので、彼も私だと気付いてくれたことが解りました。それがどんなに嬉しかったことか。

「元気にしてた？」

訊ねても黙ったままだったことに注意を払わなければならなかったのに、私は彼に会えたことが嬉しくて、自分のことばかり話してしまったのです。

「私はあの後、大変じゃなかったとは言えないけど、元気には暮らしてる。そうだ、スマイルパンに就職したんだよ。あの、メロンパンの。給料は安くて、あまり贅沢はできないけど。今日は掃除機を買いに来たの。実は、今、付き合っている人がいて、今度遊びにくるから、きれいにしておかなきゃ、って。そうだ」

私はハンドバッグから手帳を取りだして千切り、携帯電話の番号を書いて正幸くんに差し出しました。

「正幸くんもよかったら遊びに来てよ。ねっ」

ああ、と言ったのか、うん、と答えたのか。よく聞き取れませんでしたが、正幸くんはメモを受け取ってくれました。そうして、ジーンズのポケットにねじ込むと、じゃあ、と私に片手を上げて去っていったのです。

私は正幸くんの背中をずっと見送りました。あの小さかった男の子、私の大切なイチゴ坊やはすっかり私の背丈を追い越して、大人の男になっていたのです。私がいたから彼がいる。彼がいたから私がいる。

その気持ちを私は追いかけてでも伝えなければならなかった。

一週間後、彼は同じ家電ストアの私と再会した場所で、刃物を振り回し、三人の人を殺し、一二人の人にケガを負わせました。

彼は幸せな日々など送っていなかった。なのに、私は自分が幸せに過ごしていることを彼に話してしまった。しかも、付き合っている人がいるということまで。誰のおかげでおまえの幸せがあるのだ、と彼は私に時を経て再び裏切られた思いがしたに違いありません。

もしかすると、彼は私を姉のように思っていなかったのかもしれない。五歳も年が離れていると、あの頃は恋愛の対象に入らなかったけれど、今では互いを愛し合うのに十分な年齢になっています。どうして、再会した時にそれに気付かなかったのだろう。

心の支えである唯一の相手に裏切られたと知った絶望感が、彼をこの度の凶行に走らせたのです。

すべての罪は私のせい。

私がすべて悪いのです。

どうか、彼ではなく、私を罰してください——。

＊

——誰、それ?

天野幸奈がやってきたことを黒田正幸に伝えた際の、黒田の第一声がこれだ。スカした態度を取っているというよりは、本当に記憶にない名前のようだった。

幸奈の話を記録したレコーダーを、ドラマ好きの妻に聞かせてやったらおもしろがるだろうな、と思いながら黒田に聞かせ、再度、天野幸奈について訊ねた。

——あの気持ち悪い女か。

黒田はそうつぶやくと、ポツリポツリと身の上話を始めた。黙秘を貫くつもりであったが、幸奈の証言にどうしても反論したい箇所があったようだ。

以下、簡単に黒田の証言をまとめてみる。

＊黒田は母親から放置されていたことは一度もない。母親が物音を立てず、気配を消して生活するようになったのは、階下の部屋の住人である天野幸奈の母親が執拗に嫌がらせの電話をしてきたからだという。
＊黒田の母親の交際相手は黒田を可愛がってくれていた。
＊優しかった母親が変貌したのは、顔にケガを負わされた上、職場に母親と交際相手の児童虐待を告発する文書が数回届いたことから、交際相手がノイローゼ気味になり、婚約が解消された後である。黒田の母親はそれらの犯人は幸奈の母親だと疑っていた。
＊幸奈が男と会っていたことを告げ口したのは黒田ではない。
＊放火をしたのは黒田だが、母親からの暴力に耐えられなくなったからで、天野幸奈はまったく関係ない。
＊家電ストアで幸奈に会ったことは憶えているが、幸奈だとは気付かず、頭のおかしい女が急に話しかけてきたと思っていた。それによって、イラッとしたのは事実。
最後に、黒田は犯行の動機を、「運の悪い人生に嫌気がさしたから」と言った。決して共感してはならないふざけた動機だが、確かに、運のいい人生とは言えない。

彼の運の悪さの一つに、天野母娘と出会ったことが含まれるのではないだろうか。

優しい人

×日午後九時過ぎ、N県N市にある「自然の森公園」のバーベキュー広場で奥山友彦《おくやまともひこ》さん（25）の遺体が同施設の管理人により発見された。奥山さんは胸や腹部を刃物で数カ所刺されており、警察は奥山さんと一緒にバーベキューに訪れていた女性（23）から詳しく話を聞いている。

証言1　母親

友彦は優しい子でした。反抗期らしいものもなく、親だというのに息子が大声を出すのを聞いたことがないくらい穏やかな子でした。自己主張もせず、親としては少しはがゆくなることもありました。地域の子ども会の行事などで、お菓子を配ってくれることがあるでしょう？　全部同じなら急いで取りに行く必要はないけれど、大概は同じ銘柄の数種類の味が用意されていたから、ほら、ポテトチップスの塩味とコンソメ味と海苔《のり》塩味といった具合に……、みんな我先にと駆け出すのに、あの子はいつも列の一番最後。本当は別の味が欲しかったんじゃないの？　って訊いても、ニコニコ笑いながらこれが欲しかったんだって言うんですよ。

そんな子がこの競争社会でやっていけるのかと心配していたのですが、勉強はよくできていましたし、パソコンを使うのが得意ということもあって、親の心配をよそに、その業界では名の通った会社に就職することができました。子どもの頃は家に友だちを連れてくることはありませんでしたが、会社に入ってからは時々友だちの話をしてくれるようになったので、もう何も心配することはないのだな、と少し寂しくなったくらいです。

どんな友だちか？　インターネットを通じて知り合ったっていう人から、鮒寿司を送ってもらったことがありました。臭い物を送り合うことにしたのだ、とかなんとか言って、あの子はクサヤの干物を送ったと笑っていました。夫と三人で臭い、臭いと言い合いながら賑やかに過ごしたあの時間が、今となっては恋しくてたまりません。もちろん、職場の方々とも仲良くしていたようですよ。ある日、家にインターネットで購入した大きな荷物が届いて、中にはバーベキューセットが一式入っていました。若い人たち同士でバーベキューに行くことになったって、はりきって荷解きしていました。運動はあまり得意じゃないせいか、休日なども家の中で過ごすのがほとんどだった息子が、いきいきとした表情で野山の話をしてくれたんです。なのに、まさか、バーベキュー場であんな目に遭うなんて……。

息子が手を離れていくのを実感する分、今度は孫が欲しいと願うようになりました。かわいいお嫁さんが来てくれたらいいのに、と知人に頼んで見合いをお世話してもらったことも何度かあるけれど、どれも上手くいきませんでした。口下手で、押しが弱いのが災いしたようです。友彦のような気の優しい男性は結婚してからその良さが解るのでしょうが、やはり、目先の楽しさのことしか考えていない今どきの女性は、おしゃべりでおもしろい人がいいみたいですね。でも、こちらもそれほどあせっていませんでした。晩婚化が進んでいますし、むしろ、友彦のような子は少し年をとってからの方が、あの子の良さが引き立つはずだと思っていたからです。

ですから、友彦から、近々、家に連れてきたい女性がいる、と聞いた時には、夢ではないかと耳を疑うほど驚きました。どんな人かと訊ねると、とても優しい子だと、あの子は言ったのです。優しいあの子が、優しいと言うのです。本当にいい人にめぐり合えたものだと、私は嬉しくてたまりませんでした。あの子は携帯電話で撮った写真も見せてくれました。可愛らしいお嬢さんだと思いました。

でも、あの女は、樋口明日実《ひぐちあすみ》は……、悪魔のような女だったのですね。

＊

殺人事件の容疑者となった私に対し、母は法廷で、どうしてこんな恐ろしいことをする子になってしまったのか、と涙ながらに証言した。勉強やスポーツで一番になってくれることなど、強く望んではいない。思いやりのある優しい子に育ってほしい。願っていたことはただそれだけだったのに……、と。

その証言は間違ってはいない。一番古い記憶としては、幼稚園の時のことだ。

団地住まいだった私は、毎朝、同じ団地に住む子どもたちと集団登園しなければならなかった。近所の公立の幼稚園は年少、年長の二年制で、同じ団地には一〇人前後の園児がいた。保護者は当番制で毎回二人の大人が付き添いをしていた。列の先頭と最後尾、子どもはそのあいだを二列で歩く。車道側の子が飛び出さないようにするためか、理由はないがなんとなくそういう決まりになっていたのか、子どもは隣の子と手を繋がなければならなかった。団地から幼稚園までは約八〇〇メートル、子どもの足で徒歩一五分から二〇分といったところだが、当時の私は一時間か、それ以上にも感じていた。

登園初日、年長組の子のお母さんが、並ぶ順番を決めましょうね、と年少、年長、それぞれの子どもたちを、背の順で並ばせた。背の低い私は夏樹《なつき》ちゃんという、普段から仲の良かった子と手を繋げることになった。ところが、後ろの方から急に火が点いたような泣き声が上がった。同じ年少組の唯香《ゆいか》ちゃんが年長組の幸直《ゆきなお》くんと手を繋ぐのが嫌だと泣き出したのだ。なっちゃんとがよかった、と。すると、それまで遠巻きに眺めていた母が一歩前に出た。

「明日実ちゃん、替わってあげなさい」

あげたら？　ではなく、あげなさい、は母の定番の台詞だった。〜しなさい、〜と言いなさい。口調がいくら優しくても命令には変わりないが、当時の私は、大人は皆、こういう話し方をするものだと思っていた。

「そんな……、いいんですか？」

唯香ちゃんのお母さんは申し訳なさそうに言った。それに対して、母は得意げな顔でこう答える。

「明日実には日頃から、誰に対しても優しくするようにと教えていますから」

この言い方に、幸直くんの親はカチンときたかもしれないが、ならば、集合前に鼻水くらいは拭いてやらなければならない。幸直くんは太っていて、鼻の下はいつも鼻水が垂れているか、白くカピカピに固まった鼻水がこびりついているかのどちらかだった。

私もなっちゃんとがいい、と口にする前に、唯香ちゃんは私となっちゃんの間に割って入り、なっちゃんの手をしっかりと握って離さなかったので、私は列の後ろに下がった。唯香ちゃんからお礼の言葉は何もない。ちらりと母の方を見ると、満足そうに頷かれた。これでいいのだ、と幸直くんに手を差し出すと、「けっ、女とかよ」と汚いものを触るようにつまみあげられた。

「我慢してやるか」

幸直くんは皆に聞こえるような大声でそう言うと、ギュッと私の手を握りしめた。温かくて、湿っぽい手だった。

それでも、泣くほど嫌だとは感じなかった。一日中、一緒に過ごさなければならないわけではない。二人で何か共同作業をしなければならないわけでもない。鼻水は汚いが、手についているわけではない。おまけに、幼稚園から帰ると、母はごほうびに私の大好きなシュークリームを買ってくれていた。手を繋ぐ相手を替わってあげただけでこんないいことがあるのなら、お安い御用のような気がした。

幸直くんとはその後、毎日、当たり前のように手を繋いで登園した。長い距離を歩いているのだから、それなりに会話だってする。「どのポケモンが好き?」と訊かれたので、ピカチュウだと答えると、幸直くんは私のことを「アスチュウ」と勝手に呼び始めた。まったく嬉しくなかったが、悪口ではないので、やめてくれとも言わなかった。「幸直くんはどのポケモンが好き?」とも訊き返さなかった。幸直くんからオレのことはこう呼んでほしいというリクエストがあったような気がするが、名前を呼びかける機会がなかったので、それが何だったのかは憶えていない。ただ、呼ばないからといって文句を言われることもなかった。

雨の日は傘を差さなければならないので、手を繋がずに、一列で登園することになっていた。なんとなく、朝、雨が降っていると嬉しいような気はしたが、幸直くんと手を繋がなくていいからだと自覚したことはない。暑くなってくると、幸直くんの手は湿っているというよりも汗で濡れている状態になっていったが、嫌だなと思う前に夏休みがやってきた。涼しくなってくると、幸直くんの鼻水の量が増えていった。やっぱり汚いなと思ったので、「鼻水、拭いたら?」と新しいポケモンのポケットティッシュを差し出した。幸直くんは不機嫌そうな様子でティッシュを手に取り、一枚出して鼻の下を拭くと、ゴミと未使用のティッシュを無造作にポケットに突っこんで「これでいいんだろ」とぶっきらぼうに言った。黙って頷きながら、ポケットティッシュを丸ごと渡すのではなく、一枚だけ渡せばよかったと後悔した。しかし、家に帰って、スモックのポケットに新品だったポケットティッシュが入っていないことに気付いた母から事情を訊かれ、幸直くんにあげたと言うと、また褒められた。

優しいことをしていれば、母は褒めてくれる。嬉しくはあったが、これからもどんどん幸直くんに親切にしてあげようとまでは思わなかった。

さらに、寒くなると手袋をして登園するようになった。こうなるともう、汗のことなどまったくどうでもよくなる。鼻水も三日に一度は垂らしていたが、登園前に鼻を拭いてきていることの方が多く、真っ赤にただれた鼻の下が寒風に晒されているのは少し痛そうで、汚いというよりは、かわいそうに思えてきた。鼻水を拭けば？　とはもう言わないでおくことにした。

もうじき一年が経とうとしていた二月の末、私は風邪を引いた。園内でインフルエンザや腸炎などが流行《はや》っていても、私は一度ももらったことはなく、病気とは縁遠い生活をしていたため、大人になった今でも、体がほんの少し熱っぽくて、頭がぼんやりしているだけで、気分がどんよりと落ち込んでしまう。その日は、朝、熱を測ると三六度八分だった。皆勤賞の表彰もあるため、登園することになり、母は当番ではなかったが、一緒に行ってくれることになった。当然、母が手を繋いでくれるのだと思っていたら、母は当たり前のように「後ろにいるからね」と私をいつもの列に並ばせた。

「いやだ……」

離れていく母の背に向かって言った。お母さんが手を繋いでくれなきゃ、私、歩けないよ。涙がボロボロとこぼれてきた。

「アスチュウ?」

遠慮がちに私の顔を覗き込みながら、幸直くんは心配そうに私の手を取ってくれていたと思う。その日はまだ寒かったはずなのに、お互い、手袋をしていなかった。自分の生ぬるい手に幸直くんの生ぬるい手が重なったのが気持ち悪く、とっさに私は彼の手を振り払ってしまった。

「いやだ！」

今度は幸直くんに向かって言うと、幸直くんの顔はみるみるうちに真っ赤になり、怖いと思った瞬間、両手で思い切り突き飛ばされた。尻もちをついてワンワン泣きじゃくる私のところに母が駆け寄ってきた。私を立ち上がらせ、ズボンのお尻についた土を優しく払ってくれた。それだけでも嬉しかったが、ショックが二重になった私は母からの優しい言葉を待った。大丈夫？　痛くなかった？　その程度の言葉で充分だった。

「ごめんね。幸直くん。明日実、今日は風邪を引いていて、八つ当たり気味なのよ」

幸直くんに謝ったのだ。幸直くんのお母さんは自分が当番の日以外は集合場所に来ていなかった。だから、直接、幸直くんに何か言わなければならないと思ったのかもしれないが、突き飛ばした相手に謝るとは、訳が解らなかった。今となっては、私が幸直くんを拒絶したことを申し訳ない、いや、周りの大人たちに見られているのでどうにかフォローしようとしたのだと思う。しかし、五歳の子どもが体調のよくない時に、思ったままを口にするのが、それほどにいけないことだったのだろうか。幸直くんは洟《はな》をすすりながらエグエグと泣き出してしまった。

「ほら、明日実も、ごめんね、って」

母に半ば強制的に頭を押さえられながら、しゃくりあげるような調子で、「ごめん」と言うと、幸直くんは腕で涙や鼻水をこすりながら、睨みつけるような目でこちらを見返してきた。その表情に母は目も留めず、周りの大人たちに愛想笑いを振りまきながら「やっぱり今日は休ませます」と私の手を引き、自宅に戻っていった。特に怒られることはなかったものの、「パジャマに着替えて寝ていなさい」と言った口調は明らかに不機嫌で、私はそれを、自分が優しくなかったせいだと反省した。いや、したのだろうか。悲しくて、布団の中でいつまでもメソメソと泣いていただけのような気もする。

翌日、幸直くんはまだ怒っているかとドキドキしながら集合場所に行くと、幸直くんの姿はなかった。時間ぎりぎりに幸直くんのお母さんがやってきて、「集団登園を嫌がっているので、自転車で連れて行きます」と言った。あとちょっとだっていう時に……、と機嫌悪そうにぶつぶつ言いながら戻っていくおばさんに、母は「すみません」と小さく頭を下げていた。

年長組の子が欠けることになったので、私は唯香ちゃんと手を繫ぎ、なっちゃんが一人で歩くことになった。互いに手袋をはめた手を繫ぐと、唯香ちゃんは、風邪治った？　昨日、魔法少女見た？　などと話しかけてきた。見た見た、とはしゃぎながら、最初から唯香ちゃんと手を繫がせてくれればよかったのに、と思っていると……。私たちの列を、幸直くんを乗せた自転車が追い越していった。幸直くんは顔を隠すように、お母さんの背中に頭をくっつけていた。その姿を目で追いながら、唯香ちゃんが言った。

「明日実ちゃんがイジワルするからだよ」

母も、集団登園の待ち合わせ場所にいた人たちも、皆、そんなふうに思っていたに違いない。

幸直くんは、その後、卒園するまで集団登園に参加しなかった。

証言2　教師

奥山友彦くんは、三年生と六年生の時に受け持ちました。おとなしい子だなというのが最初の印象です。授業中の発表なども、自分から手を挙げたことは一度もないんじゃないでしょうか。積極的に手を挙げる子ばかりを当てていると、結局のところ、五人くらいとしか授業を進めていないことになるので、簡単な問題などは、手を挙げていない子にも答えを求めるよう、心がけていました。友彦くんの場合は、指名すると、立ち上がりはするのですが、顔を真っ赤にして、額の汗を必死にぬぐっていることが多かったです。答えは解っているのに、周囲に注目された途端、頭の中が真っ白になってしまう。そんなイメージを受けました。それでも、しどろもどろになりながらも、正しい答えを口にしていましたよ。要は、上がり症なんでしょうね。

運動はあまり得意ではありませんでしたが、嫌いではなさそうでした。運動会のダンスなんかは楽しそうに踊っていましたもの。でも、ドッジボールは苦手でしたね。人にボールをぶつけることに抵抗があったようです。内野にいる時は逃げるだけ、外野に出て、ボールがまわってきても、味方にパスをするのみでした。昔のかたいボールではなく、柔らかいボールを使っていたので、「当たっても痛くないんだから、思い切り敵にぶつけてみたら?」と声をかけると、本当に困ったような顔をしていました。優しい子だったんです。

しかし、学習活動に関しては、私は心配していませんでした。それよりも、休憩時間にいつも一人でいることの方が気になりました。昼休みは、クラス全員で遊ぶとか班行動をするとか、一人ぼっちの子が出ない対策を取っていたのですが、さすがに、毎時間の休憩にまで決まり事を作ることはできません。トイレは班のメンバーで行きましょう、とかおかしいでしょう？　もちろん、他にも一人で過ごしていた子はいます。でも、本を熱心に読んでいるのと、楽しそうにおしゃべりしている子たちを遠くからうらやましそうに眺めているのとはまったくの別物です。友彦くんは後者のタイプでした。決して仲間外れにされているわけではありません。道徳教育にも積極的に取り組んでいる学校でしたから、家庭の事情で不登校になってしまう子はいても、イジメなど、校内の問題が原因で学校に来られなくなる子は、一人もいなかったはずです。友彦くんは「入れて」と言えないだけだったのです。もしかすると、一度は勇気を出して言ったことがあるのかもしれない。だけど、恥ずかしがりながら口にした言葉は大声でおしゃべりする輪の中には届かず、無視されたと勘違いをして傷つき、それ以降、自分から近寄ることができなくなったのかもしれない。そんなふうに思いました。推測は教師にとってとても重要なことなのです。近頃は、想像力に欠け、起こり得ることを事前に察することができない若い教師が増えてきたようにも思えます。

私は友彦くんに、頑張って声をかけてみろとは言いませんでした。普通の子どもには簡単なことでも、自分から行動を起こせと促すのは、繊細な子にとってはナイフを突きつけられたのも同然です。私は集団の中にいる子たちの中から、友彦くんの手を引いてくれる子を選ぶことにしました。自分が選ばれたと勘違いするような子はダメです。リーダー格の子は存在そのものに威圧感がありますし、人選はなかなか難しいものです。しっかりしていて、且つ、優しい子でなければばなりません。そして、私の見込んだ子に間違いはありませんでした。集団の中に入ることができた友彦くんの笑顔ははちきれんばかりのものでした。六年生でもう一度受け持った時には、私が気に掛けることなど、何もない状態でした。授業中に何度か、手を挙げたこともあるんですよ。

この子はもう大丈夫。そうやって、学び舎を送り出したはずなのに……。教え子が自分より先に亡くなることほど、教師にとって辛いことはありません。しかも、殺されただなんて。あの優しい子のどこに、殺されなければならない理由があったのでしょう。犯人は交際していた女性だというではありませんか。私が友彦くんに恋人を紹介してあげることができていたとしたら……。

そんなことを悔やんでみても仕方ありませんね。

＊

小学四年生の時だっただろうか。混合名簿の出席番号順で私の後ろの席になった男の子、修造《しゅうぞう》くんは、虚弱体質なのか、二週間に一度はゲロを吐いていた。毎回、給食の後、五時間目の授業が始まってしばらくした頃だ。もしかすると、嗜好とは関係なく、何か体に合わない食材があって、親も本人もそれに気付いていなかったのではないかと、食物アレルギーという言葉が一般的になった今なら、そんなふうに思えるが、当時はその考えにまったく思い至ることができなかった。教室内の問題はゲロを吐く原因ではなく、ゲロの後始末の方に比重が偏っていたからかもしれない。

初めての時はいったい何が起きたのかとっさに理解することはできなかった。授業中にいきなりゴエ、ゴエッ、とカエルが鳴くような声が聞こえたかと思ったら、ゴパッと喉が鳴る音と同時に、すっぱい匂いが漂った。隣の席の女の子がギャッと悲鳴を上げて立ち上がったが、私の隣の席の男の子は以前も同じクラスになったことがあったのか、またかよ、とつぶやいて顔をしかめた。

「誰か、雑巾を」

先生がそう言うと、女の子が三人さっと席を立って廊下に出て行き、雑巾の束とバケツをかかえて修造くんの席にやってきた。先生は修造くんの体質のことを知っていたのか、席までやってきた時にはゴム手袋をはめていたが、雑巾を持ってきた子たちには床を拭いてちょうだいと、素手のまま掃除をさせていた。

「明日実さんも」

ぼんやりと座っていた私は先生に名前を呼ばれ、慌てて雑巾を手に取って他の子たちと同じようにゲロで汚れた床を拭き始めた。先生は泣いている隣の席の女の子や机を思い切り移動させた私の隣の席の男の子には手伝うようには言わなかったが、ずるいとは思わなかった。それよりも、遠く離れた席から駆け付けてきた子たちはえらいなと感心していた。皆、一学期の学級委員に立候補していた子たちで、率先して動いているのは、委員長の千沙《ちさ》ちゃんだった。頭がいい子といえば千沙ちゃんだったし、しっかりしている子といえば千沙ちゃんだった。

先生は帰りの会で、ゲロ掃除をした女の子たちを立たせ（もちろん私も含まれる）、皆の前で褒めてくれた。

「修造くんが戻してしまった時、汚いとか臭いと言ったり、思い切り顔をしかめた人たちがたくさんいました。でも、嘔吐は仕方のないことです。みんなだって、遠足のバスの中で気分が悪くなるかもしれないし、体調が悪い時に吐いてしまうかもしれない。その時に同じような態度を取られたらどんなふうに思うか、よく考えてみて。いち早く行動できた人たちは、他人の気持ちを思いやることができる優しい人だと先生は思います。この思いやりの心がクラス全体に広がっていくことを先生は望みます」

そう言って大きな拍手をし、皆もそれに続いたが、それは単にゲロ掃除係の認定式だった。その後、後に続いた子など誰もいない。それどころか、くじ引きで行われた第一回の席替えでは、修造くんの隣の席に決まった女の子が泣きそうな顔で、視力が悪いから一番前の席に行きたいと先生に訴えた。一番後ろの席だったわけじゃない。前から三列目だ。明らかに修造くんの隣が嫌だと言っているようなものだった。私は廊下側の一番前の席だった。しかも、一列目の席の子の中では一番背が低かった。なのに、先生は、じゃあと一列目を廊下側からベランダ側まで見たあとで、視線を廊下側に戻し、「明日実さん、替わってあげて」と言った。他の子が眼鏡をかけていたわけでもない。ただ、他のゲロ掃除係の子が一列目にいなかったというだけだ。

「はい」

私はすぐに机を移動させた。荷物を運ぶのを千沙ちゃんが手伝ってくれた。「酷いよね」と、私と席を替わる子の方をちらりと見ながら千沙ちゃんは言ったが、私は曖昧に笑い返しただけだった。あの子は修造くんのことが嫌いなのだ。私は修造くんのことを好きではないが、隣の席が嫌だと皆の前で先生に訴えるほど嫌いなわけではない。それに、もしかっこいい子の隣になっていたら、残念な気持ちだっただろうが、幸い、どうでもいい子だった。そもそも、ぜひ隣の席になりたいと思えるような男の子は教室内にいなかった。千沙ちゃんに仕切られる、ふがいない男子ばかりだったのだから。

むしろ、これでよかったのかもしれないとまで思った。ゲロ掃除係に認定されてしまったからには、席が遠くなっても、修造くんが吐いてしまえば、席まで駆け付けなければならない。そういう、皆よりはりきった行動を取ることが好きでなかった。委員長選挙に推薦されても困る。でしゃばっていると陰口を叩かれるのも嫌だ。でも、隣の席ならば、そんなふうには思われないはずだ。その日の放課後、私は先生に呼びとめられ、「修造くんをよろしくね」と言われた。

ゲロ掃除は慣れてしまえばどうということもなかった。先生は掃除用具入れに子ども用のゴム手袋を用意してくれたし、掃除のあとは水場に設置された緑色のアルコール石けんではなく、先生が家から持ってきたラズベリーの香りのする石けんで手を洗わせてくれたし、除菌スプレーを手だけでなく、体全体に吹きかけてくれた。それでも、汚いと感じていた子はいっぱいいただろうが、それを口にすることは千沙ちゃんが許さなかった。

しかし、修造くんからお礼を言われたことは一度もなかった。吐いたあとはすぐに保健室に行き、その日はそのまま帰っていたし、後日改めてお礼を言うのは恥ずかしいのだろうと勝手に解釈していた。ゲロが原因なのか、ゲロ抜きにしてもそういう性格だったのかは知らないが、修造くんは恥ずかしがり屋で、口下手で、おとなしい子だったからだ。授業中に発表することもなかったし、休憩時間はいつも教室の後ろにあるどじょうの水槽を眺めていた。笑顔を見たのはたったの一度きり。図工の時間に紙粘土で好きな生き物を作ることになった。猫を作っていた私がふと手をとめて隣に目を遣ると、修造くんはなんとどじょうを作っていた。それほど好きだったのか、と心底驚き、そう思っていることを悟られないように慌てて言った。

「どじょうってかわいいよね」

修造くんは満面に笑みを浮かべて頷いた。

私は母にゲロ掃除係のことを言っていなかった。母と話をするのはたいがい食事時で、そんな時にゲロの話をすると怒られると思ったからだ。しかし、一学期の終わりの懇談会から帰ってきた母は上機嫌だった。シュークリームと一緒にイチゴのショートケーキを買ってきてくれたほどに。先生からゲロ掃除係のことを聞いたのだという。

「お母さん、ものすごく誇らしかったわ。二学期も修造くんに優しくしてあげるのよ」

そう言われて、私はどう思っただろう。ああ二学期もやらなきゃいけないのか。そんなふうに、有難いこととしては受け止めていなかったが、決して、嫌だとまでは思っていなかったはずだ。

二学期の初日、先生は自分の作ってきた座席表を皆に配った。

「一学期は先生はまだみんなのことをよく理解できていなかったから、くじ引きで席を決めたけど、二学期はみんなにとって一番いいと思う席順を先生が決めてきました」

私の隣はまた、修造くんだった。正確には、修造くんをゲロ掃除係が取り囲むような席順になっていた。宿題やってきた？　昼休みはみんなで外で遊ぶ決まりになっているんだから修造くんもちゃんと出てきてよ。他の子たちが修造くんの世話をやくのを眺めながら二週間に一度ゲロ掃除をしていればいいのだからラクなものだった。クラス当番も、委員長選挙に推薦されることもなく、誰も手を挙げなかったどじょうの飼育係を修造くんと一緒にやることになった。こちらも、修造くんと交替でえさをやったり水替えをしたりしていればいいのだから、ラクな作業だった。どじょうを気持ち悪いという子もいたが、私は素手で触るのにまったく抵抗はなかった。自分が触る感覚と、苦手な子が触る感覚は違うのだろうかと疑問に思ったほどに。

　事件が起きたのは、二学期もひと月過ぎた、一〇月のある日のことだ。二時間目の体育の授業を終えて教室に戻ると、「何これ！」と千沙ちゃんが大声を上げた。机の上に黄色いチョークで「死ね！」と書いてあったのだ。落書きをされたのは、ゲロ掃除係のメンバーだった。他の二人は「バカ」と「ブス」。そして、私の机には……、「好き」と書いてあった。酷い、誰の仕業だ？とクラス内は大騒ぎになり、先生も駆け付けてきて、三時間目の授業は学級会に変更された。

　犯人はすぐに判明した。修造くんだった。体調不良で体育の授業を見学していた修造くんが、授業終了後、皆より一足先に教室に戻り、無人の教室で落書きしているところを、隣のクラスの多くの子たちが目にしていたのだ。先生は修造くんを立たせて、どうしてこんなことをしたのかと厳しく問うたが、修造くんは黙って俯いているだけだった。先生はなおも続けた。

「修造くんに優しくしている子に、どうして、死ねとかバカとかブスとか酷いことを書けるの。好きにしたって、修造くんが明日実ちゃんのことを好きだとしても、こんな告白のされ方じゃ、たとえ、明日実ちゃんも修造くんのことが好きでも、嬉しくないはずよ」

教室内の視線が一気に私に注がれた。ニヤニヤしている子が大半だった。どうして私がこんな目で見られなければならないのか。先生までもが含み笑いを浮かべて私に目を向けた、ような気がした。

「ねえ、明日実ちゃん」

「私は……、修造くんなんか、好きじゃない！」

叫ぶようにそう言って、私は机につっぷした。その直後、修造くんは立ったまま嘔吐したようだったが、私は意地でも顔を上げなかった。他のゲロ掃除係の三人も、この時ばかりは掃除をする気は起きなかったようだ。床の上にゲロが飛び散ったまま、先生は修造くんを教室から連れ出して、保健室に向かった。ゆっくり顔を上げると、千沙ちゃんと目が合った。てっきり慰めてくれるのかと思ったのに……。

「明日実ちゃん、あの言い方は酷いと思う。修造くんがかわいそう。私たちなんてもっと酷いこと書かれたけど、ガマンしてたのに」

他の二人も咎めるように私を見ていた。死ね、バカ、ブス、の方がよっぽどマシだ。そう言い返す気力はどこにも残っていなかった。翌日から、修造くんは不登校になった。

友彦とは小中高と同じ学校に通っていました。田舎の公立なのでメンバーほぼ変わらずですが、僕が友彦と仲良くなったのは、高校に入ってからでした。同じコンピューター部に入ったのがきっかけです。僕も友彦も運動音痴で、見た目もこの程度ですから、非モテグループに属していたことは説明するまでもないでしょう。それでも、中学より高校の時の方が断然楽しかったと思えるのは、僕らが通っていた中学は医者の診断書があるヤツ以外は運動部に入らなければならなかったからです。考えてもみてください。毎日、強制的に苦手なことをやらされるんですよ。あまり運動神経に左右されなそうな卓球部に入ってみたものの、あれこそ反射神経が試されるというか、やはり、強いのは体育の時間にそこそこ活躍しているようなヤツらでした。友彦は柔道部でした。これもまた、デブなら強いってわけじゃないんですよね。だけど、高校に入ったらやっと好きなことをやってよくなったんです。周りからはエロ動画ばかり見ていると思われていたかもしれないけど、僕も友彦もけっこうマジメに取り組んでましたよ。僕が今、ゲーム制作の仕事に就けていることがその証拠です。

まあ、楽しいのとモテるのとはまた別ですけどね。でも、全体的に彼女のいないヤツの割合の方が高かったので、不幸だなんて考えは持ったことありません。一緒に桃瀬《ももせ》ももちゃんのファンクラブに入ってたんで、心の恋人の話で最高に盛り上がれていたし。あっ、でも、友彦は一度、おかしなのに引っかかったことがあったっけな。名前は……。

葉山美智佳《はやまみちか》だ。ほら、いるでしょう。男に媚を売りまくる女。狙った男にだけ尻尾ふってりゃいいのに、自分は優しい女だってことをアピールしたいのか、みんなのアイドルかなんかと勘違いしてんのか、男なら誰にでも馴れ馴れしくしてくるヤツが。休憩時間に包みのかわいいアメちゃんの袋出してきて、たまたま席が近いってだけで、「糖分補給する?」とかなんとか笑顔で言いながら机の上にサクランボ味とか置く女。僕は自分がワンオブゼムってことは自覚してたけど、友彦はそうは思えなかったみたいで。自分に少しくらい好意を持ってくれてるんじゃないかって期待しちゃったんですよね。でも、あれは勘違いしてもおかしくないですよ。アメちゃんだけじゃなかったんだから。

モフゾウ、だっけな。自分ちの飼い犬と友彦が似てるって、ケータイで写真まで見せられたら、その犬がどんなにブサイクでも、特別扱いされてるような気分になりますよね。だから、友彦は美智佳の誕生日を調べてプレゼントをあげることにしたんです。指輪やらペンダントやらではありません。モフゾウと同じ犬種、ブルドッグのヌイグルミキーホルダーです。放課後、僕も付き添いで下駄箱のところで待ち伏せしました。友だちとやってきた美智佳は「キャー、かわいい」なんて言って、その場でキーホルダーをカバンに付けました。友彦の嬉しそうな顔といったら。これで、後日、友彦が告白しようと思ったっておかしくはないですよね。いや、告白ってほどのものじゃない。自宅PCのメールアドレスを、この日のために買った犬のイラストが付いたメモ帳に書いて渡しただけなのに。

キモイ、って泣き出したんです。誕生日を知られてたこともキモかった、って。なら、プレゼントを受け取らなきゃよかったんだ。それ以降、友彦は女性不信ですよ。

だから、友彦から結婚したい女ができたってメールが来た時は嬉しかったんだけど、そこで気付けなかった自分が情けないです。どうして、その女は美智佳タイプじゃないんだよな？　って確認しなかったのか、と。樋口明日実は二股をかけていたんですよね。でも、他にも犠牲者はいっぱいいるんじゃないですか？　上辺だけの優しさを振りまいて、金でも巻き上げようっていう魂胆で友彦に近付いたのかもしれない。

葉山美智佳は医者と婚約したところ、キャバクラでバイトしていたことを知られて破談になったと噂で聞きました。天罰だと思います。こういう女はそうなって当然なのに、どうして、殺されたのが友彦なのか……。

あいつの笑顔を僕は一生忘れません。

＊

東京の大学に進学が決まり、一週間後には地元を離れるという日に、唯香が私の家に遊びにきた。唯香は神戸の女子大に合格し、ちょっとしたお別れ会のようなもので、中学の卒業アルバムを懐かしそうに眺めながら言った。

「これ、カップルみたい」

体育祭のページだ。唯香が指さしているのは、私とクラスメイトの男子が肩を組んで二人三脚している写真だった。四角く切り取られて貼られている。ハートや丸形なら、実行委員がひやかし半分に載せたと思えるかもしれないが、四角なので、こういう種目がありましたという一例として隅の方に載せているだけだと、気にも留めていなかったのに。男女交際に口やかましくなっていた母ですら、ここにも載ってるわね、と言っただけだった。そもそも、この男子と私が組むことになったのは唯香のせいだ。男女別で出場種目を決め、最後に背の順でパートナーを決めることになったのに、私を廊下に連れ出して、替わってほしいと両手を合わせたのは唯香だ。クラスの嫌われ者の男子だったわけではない。私と組む子を唯香が好きだったわけではない。顔が苦手、それだけの理由だった。私はその子の顔を好きでも嫌いでもなかったので、いいよ、とあっさり引き受けたのだが。その時の記憶が唯香の頭からはストンと抜け落ち、久々に開いたアルバムを見て感じたことをそのまま口にしたにすぎない。ただ、卒業式の後でその子から「付き合ってほしい」と言われたことは、打ち明けないでおこうと決めた。語るようなことでもない。「えっ、何で?」と訊ねると「やっぱいい」と言われ、それきりになったのだから。

唯香と仲の良かった私は何度か同学年の女子から同じ質問を受けたことがある。

「唯香と一緒にいて、嫌にならない?」

華やかな顔の唯香と地味な顔の私を比べてだろうか。人気者の男子をとっかえひっかえしている唯香と彼氏がいるという噂も気配もまったくない私を比べてだろうか。踏み込んで訊ねることもなく、私の答えはいつも決まっていた。

「全然」

唯香のすべてが好きなわけじゃない。ムカつく時だってある。羨ましいと感じる時だってある。

だが、それはお互い様ではないだろうか。小学校に上がるまで同じ団地で過ごした仲だ。その上、お菓子作りが好きな私はよく、自作のクッキーやマドレーヌを学校に持って行っていた。弁当の時間に周囲にいる子たちに配ると、皆、「おいしい」と言ってくれたが、唯香の「おいしい」が一番おいしそうな顔だったので、私は唯香のことが好きだった。それに、男子からまったくモテないというわけでもなかった。高校生になってから五人くらいから告白されたことがあった。直接だったり、電話だったり、手段は違えど、私の反応は皆に対して同じだった。

「えっ、何で?」

思い当たることが何もないのだ。確かに、同じクラスで席が近かった時期もあるが、仲良く話した覚えが一度もない相手が、どうして私と付き合いたいと思うのか。顔が好きとか、雰囲気が好きとか言ってくれれば納得できるのに、ほとんどの場合、断られたように感じるのか、「なかったことにして」とか「忘れて」と言われて終了だ。一人だけ、「俺に気があるんじゃないの?」と続けた子がいたが、それも身に覚えのないことだったので「全然」と答えると、舌打ちして去っていかれた。

「明日実って、昔から、地味な男の子から人気があったよね」

卒業アルバムを閉じながら唯香が言った。全部内緒にしていたのに、気付かれていたのか。

「ないない」

両手を振って否定したが、唯香はすべてお見通しだと言わんばかりに断言した。

「明日実は優しいから」

久々に聞いた言葉だったが、昔と同じように素直に喜ぶことはできなかった。フワフワのシュークリームを食べたと思ったら、クリームの中に砂利が混ざっていたような。そんな不快さが込み上げただけだ。

高校時代の同級生、徳山淳哉《とくやまじゅんや》に付き合ってほしいと言われたのは、互いに東京に出てきてからだ。携帯電話に未登録の番号が表示され、おそるおそる出てみると、徳山だと名乗られたものの五秒ほど誰だか解らなかった。同じクラスになったことはないが、受験勉強のために放課後訪れていた図書館でよく顔を合わせていた。その程度の相手に付き合ってほしいと言われれば、やはり「えっ、何で?」と訊ねてしまう。

「クッキーが美味《うま》かったから」

淳哉はそう言った。そういえばと、勉強の合間にどうしてもクッキーを焼きたくなり、翌日、図書館のいつものメンバーに配ったことを思い出した。そんな理由で? と拍子抜けしたが、口には出さなかった。相手が淳哉だということがなぜだかとても嬉しく、これ以上の理由は必要ないと感じた。淳哉はみんなの人気者ではなかったが、意識した途端、顔も雰囲気もとても好きだと、胸がドキドキしてきた。

「やっと入れてくれた」

淳哉からそう言われたのは付き合ってひと月経った頃だった。ことを終えた後に、そこまで露骨な言い方をしなくても、と鼻をつまんでやったら、そういう意味ではないと慌てて訂正された。

そして、「怒らないで」と前置きしてこんなことを言った。

「明日実は多分、人間って存在に興味がないんだと思う。深い関係を築くっていう前提がないから、逆に、誰にでも親切にできる。近寄ってきた人間は受け入れる。差し出されたものは受け取る。だけど、俺も含めて、相手はそう思っていない。自分は好かれているんだって勘違いする。もっと踏み込みたいと思う。すると、透明なバリアを張られていることを知る。バリアに触れられて、ようやく明日実は誰かが自分の内部に侵入しようとしていることに気付く。それを排除するか受け入れるかは、明日実次第」

黙って話を聞くうちに、自分の体が硬質なガラスのようなもので覆われていくように感じた。自分の中にわだかまりとして残っていた、幼稚園の時の幸直くん、小学校の時の修造くんとのことについてようやく腑に落ちた気分になった。私は彼らに優しくしていたのではなく、ただ、興味がなかっただけ。その場限りの付き合いだと割り切っていただけ。だから、ほんの少し踏み込まれただけで、我慢できず、拒絶してしまった。優しさに似た行為は跳ね返す際の助走となり、最初から何もしなかった人以上に傷つけてしまうことになる。

最低の人間じゃないか。それを、初めて好きになった人に指摘されることほど不幸なことはあるだろうか。悲しくて涙があふれ出た。それを隠すように枕に顔を押し付けた。寝る前に言えよ、と怒りも込み上げた。だから、怒らないでと前置きしたのか。私の正体に気付き、嫌いになったのなら、わざわざ指摘しなくても、もっと無難な理由を挙げて別れようと言えばいいじゃないか。

「嫌い……」

枕に声が沁み込んでいく。嫌い……。嫌い……。嫌い……。そうじゃない。

「嫌いにならないで！」

枕から顔を上げ、淳哉の目を見てそう言った途端、硬いガラスにひびが入った音が聞こえた。思い切り声を上げて泣けば泣くほど、ひびは細部にまで伸びていき、淳哉の腕の中で砕け散っていった。

あの時はこっちも弱り果てていた、と付き合った記念日ごとに淳哉は言った。難解なパズルが解けたような気分で、つい調子に乗って講釈を垂れたら、嫌いになったと勘違いされてしまった。ああ終わってしまった、と自分も泣きたい思いになったらしい。クッキーをもらったのが自分だけではなかったことは知っていた。それに何ら特別な思いが込められていないことも理解していた。クッキーはとっかかりに過ぎない。私を観察するうちに、なんて心に垣根のない優しい子なのだろうと思い、好意を持った。しかし、同時に疑問も抱く。本当にそうなのか？　と。そして、受験が終わり、同じ方面に進学することになったのを機に一念発起して告白することにした。

自分と同類なのかを確認するために。そして、私を通じて、折り合いを付けることができなかった自分自身の人間性に気付くことができたのだ、と打ち明けた。

「要は、お互い、人付き合いに関しては、超面倒臭がりだってこと。大切な人は人生に一人だけいれば充分」

彼のそのひと言で、かえって私は、これからあらゆる人に対して本当に優しくできるのではないかと思い、その第一歩として、生まれて初めて自分を好きだと思えた。

証言4　同僚

　奥山友彦さんは会社の二年上の先輩、樋口明日実さんとは同期です。株式会社キャッツアイは防犯グッズを取り扱う会社です。社員数は五五名。アットホームな会社で、休日に独身の社員同士で出かけることは私や樋口さんが入社する前から、しょっちゅうあったと聞いています。二つ年上の男性社員のグループからバーベキューに誘われたのは入社して半年後、九月後半の連休の半日《なかび》でした。私は男性メンバーの中にいいなと思う人がいたので、ぜひ参加しようと同期の子たちに声をかけ、樋口さんも来てくれることになりました。樋口さんは自分からは誘ってきませんが、こちらが誘えば気軽に応じてくれる子でした。

　奥山さんは優しい先輩でした。奥山さんが残業をする日の方が圧倒的に多いのに、たまに早く帰れる日には、差し入れのお菓子を私たち女子社員に持ってきてくれていました。甘いものが好きらしく、ネットで評判のものをいち早く取り寄せて、みんなにお裾分けしてくれるんです。

　バーベキューの参加人数は男性、女性、共に三名の計六名。樋口さん以外の女子にはそれぞれお目当ての人がいたので、なんとなく、車の中も、「自然の森公園」に着いてからも、奥山さんの隣は樋口さんという形になりました。バーベキューセットは奥山さんが持ってきてくれていて、樋口さんはてきぱきと手伝っていました。バーベキューコンロの組み立て中に奥山さんが手をケガしちゃったんですけど、樋口さんは絆創膏を巻いてあげていました。その雰囲気がすごく自然に見えて、「奥山さんと樋口さんってお似合いかも」なんてつい言ってしまいましたが、それくらいじゃ、煽ったことにはなりませんよね。その時は、樋口さんに彼氏がいることも知らなかったし、樋口さん自身、否定も困った顔もせず、少し笑っていたくらいですもん。ただ、やっぱり奥山さんはその日から樋口さんのことを好きになったんだと思います。

奥山さんはおとなしいからガンガン攻めるタイプじゃなさそうだけど、樋口さんを会社の近くにできたラーメン屋さんやスイーツ店なんかに誘っていたし、樋口さんもそれに応じていました。それを奥山さんが付き合っていたと解釈しても、おかしくはないと思います。樋口さんは体の関係どころか、手を繋いだこともないし、交際相手がいることもきっぱりと伝えたって証言しているけど、実際の関係は当事者にしか解らないことですし。そもそも、奥山さんは親しい人に樋口さんのことを婚約者だって言ってたんでしょう？　昭和じゃあるまいし、何もなくてそんな言い方できますかね。奥山さんに嘘をつかれたことなんて、私は一度もありません。むしろ、冗談も通じないくらいマジメな人で。「このあいだのチョコレート、鼻血が出るくらいおいしかったです」って言ったら、大丈夫だった？　って本気で心配されたくらいです。

樋口さんは殺害の動機を、自分と結婚してくれなければ彼氏を酷い目に遭わせるって脅されたからって言ってますし、実際、彼氏の会社に嫌がらせのメールが届いていたみたいですけど、それだって、奥山さんが最後の悪あがきをしただけで、殺すほどのことではなかったんじゃないかと思います。飲み会の席でみんなが愚痴ってる場でも、奥山さんは誰の悪口も言わずに黙ってニコニコしながら聞いていました。そんな人がどれほど酷い誹謗中傷メールを書けるっていうんでしょうね。

そもそも、樋口さんも殺すほど嫌いなら、最初からきっぱり拒絶するか、迷惑そうな顔をしておけばよかったんですよ。

本当に、奥山さんがかわいそうでたまりません。樋口さんがこの会社に入ってこなければ、今頃、みんなでまたバーベキューを楽しんでいたはずなのに。

＊

人生における失敗のからくりを理解することができたのだから、もう失敗することはないと思っていたのに、私は最大の失敗……、殺人を犯してしまった。しかし、奥山友彦に関しては、無関心から彼を引き寄せてしまったのではない。私は彼に、明らかに同情していたのだ。だから、優しくしてあげた。

女子社員に高級菓子を差し入れしては、陰でキモいとささやかれる。見返りがあると思ってんのかな、とバカにされる。そのくせ、皆、お菓子だけはちゃっかり食べる。バーベキューに呼ばれるのは、ろくに火もおこせないくせにドイツ製の高級バーベキューセットを持っているからだし（上手いこと言われて、買わされたのではないだろうか）、酒を飲めないので、運転手にするにはもってこいの人物だからだ。運転はさせるけど、助手席には絶対に乗りたくない。さんざん食べたくせに、道具の後片付けもしない。最初は絶対にかかわらないでおこうと決めていたのに、頭の中から優しくしてあげなさいと声が聞こえて、誤解されないように注意を払いながら、最小限の手伝いをした。

無関心ではない。ちゃんと相手との距離感を確認していると思っていた。

バーベキューの後、奥山は仕事を手伝ってほしいと私に言ってきた。会社の仕事以外にネットで食レポサイトを運営している友だちの手伝いをしているらしく、女性の意見が聞きたいから会社の近くにできたラーメン屋に一緒に行ってくれといった内容だった。ラーメン程度ならと、日が高い時間に一緒に行き、カウンター席で黙々と食べた後で感想を伝えると、自分が食べた金額はきっちりと渡し、店を出た。それでも翌日、助かったとお礼に高級チョコを差し出され、今度はフルーツタルトが有名な店に一緒に行ってほしいと頼まれた。二つ返事で引き受けたものの、淳哉に報告すると、「それ、もうアウト」と不機嫌そうに言われ、女性客でごったがえす店内で、大きな声ではっきりと「彼がいい顔しないので、食レポのお手伝いは今日で最後にさせてください」と伝えた。

「そ、そうだよね。僕のせいで、き、きまずくなっちゃ、まずいよね」

奥山は額から噴き出た汗をぬぐいながら申し訳なさそうに言ったのだが、この段階で彼の頭の中には私とどういう関係が築き上げられていたのだろう。翌週、淳哉の勤務する証券会社に、淳哉を中傷するメールが届いた。

ただの悪口ではない。学生時代にギャンブルで作った借金が五〇〇万あると、実在する消費者金融の名前が入った偽の借用書まで添付されていたのだ。淳哉はすぐに奥山を疑った。しかし、私は奥山に淳哉の名前も職場もどんな職業に就いているのかすらも話していない。それでも奥山だとしたら、と私の部屋や所持品を調べたところ、仕事用のカバンの底から見慣れない携帯電話が出てきた。盗聴用に改造されており、私と淳哉はそれを持って近くの警察署に向かった。ところが、まったく相手にされない。加害者だと思われる男性との交友関係は？　と訊かれたので、バーベキューや食レポのことを話すと、その程度の付き合いでストーカー化することはないだろうと、真剣に取り合ってもらえず、また、盗聴器を仕掛けたのが奥山だという証拠もないため、注意をしてもらうことすらできなかった。

中傷メールはその後も届き続けた。中には、「恋人の樋口明日実はおさななじみを神経性の病に陥らせ、同級生を不登校へと追いやった、悪魔のような女」と書かれたものもあった。これは盗聴器を仕掛けていても、奥山が知ることができるエピソードではない。パソコンは毎日使っていても、自分の名前を検索するのは初めてだった。まずは漢字で打ち込む。匿名の掲示板の数カ所に、中傷メールと同じ文章が書き込まれていた。吐き気をこらえ、平仮名、カタカナ、アルファベット、文字の種類も換えて打ち込んでみると、ほんの数時間で、おそらく幸直くんと修造くんのものだろうと思えるブログを見つけることができた。奥山と一緒に行ったラーメン店とフルーツタルトの店の名前を打ち込むと、奥山のブログも見つけることができた。毎日、会社の人、過去にかかわった人、おびただしい人数の悪口が書いてあった。人物名はイニシャルなのに、店の名前や高級スイーツの銘柄がそのままなのは、ベクトルが他人への悪意にのみ向かっているという証なのだろうか。

皆からきつく当たられていることに気付いていないのだろうか。気付いていなければバカのつくほどお人よしだし、気付いていればどうして何事もないような顔をして出勤できるのか、などと同情する必要などなかったのだ。これだけ書けば、ストレスを発散できるどころか、違う人格を形成することも可能なはずだ。自分が王様でいられる理想の世界を築き上げたのなら、その中にずっといればいい。なのに、徐々に理想の世界と現実世界の境界線が曖昧になってきて、味方だと思っていた人物がそうでないと解った時、裏切られ、反逆されたように思い込み、愛する王国を守るため、そいつを全力で痛めつけようとする。その矛先が、私にではなく淳哉に向けられていることが許せない。

淳哉は会社側は中傷メールなど真に受けていないと私の前では笑っていたが、これまでになかった疲労が蓄積されているのが、顔を見れば解るほどに衰弱していた。いっそ別れた方がいいのではないかと提案すると、そんな敗北宣言をするくらいなら奥山を叩き潰す、と本当に殺しかねないような目で言われ、私は会社の上司に相談してみるからとなだめた。奥山がおかしいことは会社の人なら理解しているはずだ。むしろ、解っていなかったのは自分だったのかもしれない、などと期待し、直属の上司に相談したが、被害妄想で片付けられた。心の片隅ではあいつならやりかねないと思ってくれたかもしれない。ただ、防犯装置を扱う会社の社員が盗聴器を仕掛けた、という事実を断固認めたくなかっただけだろう。私は自社製品を使って調べたというのに。

あとはもう奥山と直接向かい合うしかない。だが、責め立てても何も通じないはずだ。何の言いがかりをつけられているのだろうといった気弱な被害者面をしてだんまりを決め込み、腹の中で陰湿な報復方法を練っているだけなのだから。

「何がお望みですか」

私は社内で奥山と二人になれるタイミングを見計らい、そう話しかけた。もうこんなことはやめてください。そう懇願するような顔をして。奥山はしばらく無言で目をせわしなくキョロキョロさせていた。どう出るべきか算段していたのだろう。何のことかとしらばっくれるか。それとも、望み通り要求を出すか……。

「バーベキューに一緒に行ってくれないかな。最後に楽しい思い出を作れたら、もう明日実ちゃんのことはあきらめるから」

今時、中学生でもそこまでモジモジしないだろうと拍子抜けするほどに、奥山は両手の指先をからみ合わせながら頬を赤く染めていた。なんだか本当に彼の望みはたったそれだけのことで、しかし、彼にとっては気軽に頼めることではなく、ここに持ってくるだけのために、できる限りの嫌がらせをしてみたのではないかと思えた。この場で一発思い切り殴ってやれば泣いて逃げ出してしまいそうな弱い人間に、この状況においても同情してしまったことになるのだろうか。

淳哉にはバーベキューのことは内緒にしておいた。絶対に引き留められるか、自分も一緒に行くと言うはずだから。それでは意味がない。楽しい思い出を作ってやればいい。そして、会社を辞めよう。淳哉以外の人間とはかかわらない。たとえ道端に倒れている人がいても無視をして通りすぎよう。助けを求められても、聞こえなかったふりをしよう。誰かに助けてやれと言われても、嫌だと言って断ろう。それを責め立てられたら……、自分こそがかわいそうな子なのだといった顔をしてワンワン泣いてやればいい。

仕事を終え、奥山のイタリア製だというへんてこな黄色い車で、前回と同じ「自然の森公園」へ向かった。木枯らしの吹く季節の、平日の午後七時にバーベキューをしているもの好きなど、私たち以外にはいない。

「か、貸切だね」

奥山なりの弾んだ口調に、私は優しく笑い返す。奥山がバーベキューコンロを不器用そうに組み立てている横で、私は野菜を切る。着火用のジェルを目安量の三倍使って火をおこし、奥山が持ってきた松阪牛のヒレやらカルビやらを並べる。飲み物は二人揃ってジンジャーエール。楽しい楽しいバーベキュー大会が始まった。桃瀬ももとかいう聞いたことのないアイドルのことや、ネットの世界の友だちのことを、奥山は私に語り聞かせる。私は、クサヤってどんな味なんですか？　とできるだけ話を合わせてみる。網の上の食料も数えられるほどになり、あともう少しの我慢だと胸の内で気合いを入れ直し、奥山に向き合った。

「並んで座らない？」

その要求にも無言で応じた。奥山は最後の一切れの肉をびちゃびちゃにタレに浸してほおばり、私に笑いかけた。肉を咀嚼しながら口を開く。

「明日実ちゃん、僕のこと無能だとバカにしてるよね。で、でもね、僕、あいつの会社の顧客情報を流出させることくらい、あ、朝飯前でできるんだよ。あいつが、やったことにしてね。……

な、なーんて言ったら、あ、明日実ちゃん結婚してくれる?」

　皿を置き、膝に乗せた手の上に、奥山が自分の手を重ねてきた。生温かくて湿っぽく、肉の脂やタレがからみついた手を。全身が粟立つのを感じ、私は奥山の手をふりほどいて立ち上がった。テーブルの脇に置きっぱなしの、野菜用のトレイに載せていた包丁を手に取ると、汚いものを振り払うかのように、力いっぱい振り回した。

証言5　優しい人

　世の中は、全体の一パーセントにも満たない優しい人の我慢と犠牲の上において、かろうじて成り立っているのだと思います。そして、これだけは断言できます。
　あなたは優しい人じゃない——。でも、それは決して悪いことじゃない。

ポイズンドーター

送信者：野上理穂《のがみりほ》　件名：同窓会

弓香《ゆみか》、お久しぶりです。相変わらずのご活躍ぶりで。

先週の「クイズ王下剋上」も見たよ。優勝を逃したのは惜しかったけど、あの東大卒芸人のクガヤマ（結構ファンです）と最終問題まで競ったのだから、すごいよね。

イノチュー会実行委員のみんなも、さすがは弓香！　って褒めてたよ。でも、驚いてはいなかったかな。昔から弓香が頭いいのは、みんな知ってることだから。女優の仕事はもちろんだけど、これからはクイズ番組でも活躍して、もっと忙しくなりそうだね。

だからこそ、同窓会に出席してもらえないのは残念！

出欠ハガキはちゃんと届いてるけど、みんなどうしてもあきらめきれなくて、仲のよかったわたしに説得してほしいと、この前の会合でさんざん頼まれて、お疲れの弓香に申し訳ないなあと思いながら、このメールを書いています。

同窓会の日に、仕事の予定が入ってるなら、仕方ないんだけどね。でも、欠席の理由がお母さんのことなら、こちらで宿泊の用意をするので、もう一度検討してみてください。

本当は、うちに泊まってもらえればいいんだけど、旦那の親と同居しているような家じゃ、気を遣わせるだけだよね。そもそも、うちの姑から、弓香が帰ってきていることがお母さんにバレたら、本末転倒だし。

ビジネスホテルくらいあればいいんだけど、町で唯一のホテルが、寂れ感満載の〈桔梗《ききょう》ホテル〉じゃねえ……。まあ、そこで結婚式を挙げたわたしが言うのもなんだけど。

旦那の友だちが隣町で、古民家を改装した民宿を始めたので、そこがいいかなと思ってます。若い女の子に人気があるんだって。なんて書くところがもうおばさんだよね。

わたしもみんなも、弓香が帰ってきてくれることを、心から期待しています。

個人的にいろいろ報告したいこともあるしね。でも、無理はしないで。離れていても、テレビの前でいつも応援しているよ！


亥年《いどし》と子年《ねどし》をかけたイノチュー会で行われる同窓会の出欠ハガキには、欠席に丸をつけて、早々に投函した。

八年前に上京して以来住み続けているマンションの、最寄りの郵便ポストの場所を知ったのは、この時だ。年賀状も、個人的なものは上京以降書いていない。とはいえ、夜逃げしてきたわけではないので、仲の良かった友人数人には連絡先を伝えていたため、両手で数えられるくらいの年賀ハガキは毎年届く。こちらが出さなくても届く。

結婚式の写真、子どもの写真、お宮参りに七五三、テーマパークのキャラクターと一緒に家族全員で撮った写真。そんなものが年明け早々送りつけられるたび、彼女らにも黙って出てくればよかったと後悔する。

メッセージも似たり寄ったりで、「家事と育児でヘロヘロです。弓香もがんばってね」といったものがほとんどだ。弓香も、って何だ。女優となった私のことをすごいと言いながら、主婦業と同列扱いしかしていない。

狭い田舎町で、我こそが一番大変だと思い込んでいるのだ。そうして皆、あの人のようになっていく。というのは、大袈裟か。あの人は特別だ。だから誰も、私が苦しんでいたことに気付いてくれなかったのだ。そして、しつこく同窓会に誘う。

気付いてくれたのは理穂だけだ。種類は違うが同じ苦しみを受けていた。

しかし、そんな彼女も毎年、娘の写真を載せた年賀状を寄越してくる。時には、母娘でおそろいの服を着て。同じポーズをとって。彼女の苦しみは、結婚ですべて解消されたということか。もともと、私ほどではなかったということか。それとも、無意識のうちに悲劇の連鎖を繰り返そうとしているのか。

それでも、久しぶりに長いメッセージをもらったせいか、理穂に会ってみたいという気持ちが湧きあがってくる。今の彼女の状況がどうであれ、彼女はただ欠席に丸をつけただけのハガキで、行かない理由を察してくれ、解決案まで出してくれている。

同級生たちからサインをねだられたり、仕事の裏話などをせがまれたりするかもしれないが、限られた時間内で対応できることなら、笑って引き受けてやればいい。同窓会に出席したことを、ＳＮＳ上に書き込まれるのは、悪いことではない。

主人公のライバル役といった気の強い役が多いせいか、私そのものがキツイ性格だと勘違いしている人たちも多い。故郷を大切にする姿は、そんなイメージを少しは払拭してくれるはずだ。

その上、今回の同窓会は特別だ。もともと同級生の繋がりが強い地域なので、毎年、夏に同窓会は行われているが、それとは一線を画している。

……電話が鳴った。理穂の念押しかと一瞬気分が上がったが、あの人からだった。

――弓香、お母さんよ。元気？

同窓会に出席できないって聞いたんだけど、本当なの？

忙しいのは解るけど、今回ばかりはどうにかならないのかしら。厄払いはやっぱり、生まれ育ったところの神社でしてもらった方がいいと思うの。

それに、みんな、あなたが帰ってくるのを楽しみにしているのよ。お母さんを見るたびに、弓香ちゃんは弓香ちゃんは、って声をかけてくれるんだから。もちろん、お母さんの方からお礼は言ってるけど、直接、応援してくださってる方々に、感謝の気持ちを伝えられるいいチャンスじゃない。

弓香はそういうことを昔から、ちゃんとできる子だったでしょう？

それに、お母さん、あなたにプレゼントを用意しているのよ。女性の厄年、三三歳の誕生日プレゼントは長い物がいいっていうから、ペンダントを買ったの。ダイヤモンドよ。

本当は、厄払いにはみんな着物で行くから、弓香にもそうしてほしかったけど、前に訊いた時、着物なんか作ってくれなくていいし、絶対に着ないって、おかしくなったように宣言したじゃない。あの時はお母さんも、どうしてそんな言い方をするのか理解できなかったけど、仕事の時に着物で何か嫌な思いをしたんじゃないかしらって、あとで、お母さんなりに考えてみたのよ。

弓香は我慢強い子だもの。

それで、洋装に合うペンダントにしたの。着物のような華やかさはないけれど、神社で着物を着ていないことへの引け目は感じないはずだわ。祈禱の時につけていれば、そのまま、お守りにもなるでしょう？　だから、日帰りでもいいから、ね。

弓香の仕事がこれからますます成功するためにも、厄払いはしておくべきだと思うの。それに、いい出会いに恵まれるかもしれないでしょう？

そうだ、このあいだのクイズのクガヤマさん？　お母さん、あの人すごく感じのいい人だと思うわ。番組の最後に二人並んでいる姿も、とてもお似合いだったもの。

まあ、それはそれとして、お母さん、理穂ちゃんのお姑さんと仲いいから、出席に変更してもらえるように頼んであげるわ。あの子もいろいろあったけど、本当にいい人と結婚したものだわ。まさか、あんな立派なお姑さんの息子さんだったなんて。娘の……、志乃《しの》ちゃんもかわいいのよ。

なんだか、弓香の小さい時によく似ているの。

――あの……、帰りたいんだけど、もう仕事が入ってるの。

――まだ半年も先なのに？　同窓会があることだって、知っていたでしょうに。お母さん、弓香が活躍してくれているのは嬉しいけど、それ以上に、人として大切なものを失っていってるんじゃないかと思って、時々すごく悲しくなるわ。

でも、忙しさにかまけて、古くからのしきたりの大切さを、あなたにちゃんと教えていなかった、私のせいなんでしょうけどね。


あの人はいつも、澱みなく言葉を発する。相手に口を挟むすきを与えない。

言いたいことをすべて出し切ると、この件は終わったのだというように、気持ちは次の方向に移っている。自分が誘導したい方向に。こちらが否定の返事をしようものなら、瞬時に裏切られたような顔をする。大袈裟にため息をつく。しかし、絶対に否定の理由を聞こうとはしない。自分が悪いのだと落ち込んで傷ついたフリをして、反論をシャットアウトするのだ。

子どもの頃の私はそれに対して、ごめんなさい、と言うしかなかった。そう誘導されていると も気付かずに。ごめんなさい、イコール、承知しました、だとも気付かずに。

ごめんなさい、とたとえ息を吐きながら口を動かしただけでも、これだけは、あの人は聞きもらさず、しっかり受け止めましたよ、というように大きく頷き、皇室か大女優かといった、はるかに高い場所から慈悲深く微笑みかけるような顔で私を見る。

そして、いいのよ、おやつがあるから食べなさい、などと優しい言葉をかけてくれる。

今の電話も、あの頃のように、ごめんなさい、と言っていれば、体に気を付けてね、とか、お母さんが一番の応援者だからね、などと言って静かに受話器を置いたはずだ。しかし、しばらく待っても息を吸う音すら聞こえてこない。ただ、無言が続くだけ。そこで腹立たしさが沸騰しきったのか、生意気な反論が来るのを防ぐためにか、あの人は思い切り受話器を叩きつけて電話を切った。

でも、ガシャリという耳を殴られたような音を聞くのは、今日が初めてではない。この音を繰り返し聞いても、私はあの人と繋がっている。太いワイヤーを形成する細いワイヤーの撚りの中の一本が断ち切られているだけ。それでも、いつかは解放に繋がる行為のはずなのに、ワイヤーが切れるごとに、酷い頭痛に襲われる。

子どもの頃、母に買ってもらったアンデルセン童話の「人魚姫」に、姫は足を手に入れたが、一歩踏み出すごとにナイフの上を歩いているような激痛が伴う、と書いてあった。

王子さまを好きになったとはいえ、人魚姫はそんな苦痛に耐えてまで人間の世界で生きたいのだろうかと、子ども心に、人魚姫に同情しながら読んだ憶えがある。人魚の世界が生きづらいという描写はなく、むしろ、きらきらした場所として描かれていたため、なおさら疑問に思ったものだ。人魚の世界で楽しく生きていればいいのに、と。

しかし、人魚姫は外の世界を知ってしまった。知ったが故に、これが当たり前なのだと思い込んでいたことが、そうではないことに気付く。

この痛みは多分、人魚姫と同じものだ。

……市販の鎮痛剤を飲んだ。同じ薬を飲み続けていると効果が薄れそうなものだが、もう一〇年以上も愛用している。

ごめんなさい、と言っても頭痛は起きるのだから。

頭痛の原因を知ったのは、中学二年生の時だ。頭が痛くなるのは、風邪や骨折のように体に問題が生じたからだと思っていた。だから、あの人にも、頭が割れるように痛いのだということを、その都度、正直に伝えていた。

あの人は私を病院に連れて行こうとしたが、頭痛が起きるのは大概夜で、翌朝には痛みが引いていたため、実際に病院を訪れたのは、頭痛が出始めて三年くらい経ってからだった。近所の人が脳腫瘍で亡くなったことから、痛みは数時間で治まるものの、頻繁に頭痛が起きるということは、娘にも同様の疑いがあるのではないかと突然恐ろしくなったのだ。

総合病院で頭部のレントゲンを撮り、脳波まで調べてもらった結果、医者は私の頭痛の原因を、ストレスだと診断した。

あの人は、そんなはずはない、とくってかかったが、検査結果に何の異常も見られないと断言されれば、引き下がるしかなかったようだ。子どもとよく話し合ってみます、とあきらめたように言い、私を連れて病院をあとにした。家を出る時には、何かおいしいものを食べて帰ろうね、と言っていたのに、無言のままの直帰だった。

家に帰ると、あの人は私に、学校で何か問題を抱えているのか、と問うた。いや、問い詰めた。勉強についていけないのか。部活動で何か嫌なことがあったのか。クラスメイトからイジメられているのではないか。

一つ一つの問いに対して答える間はなく、すべての質問にまとめて、ううん、と首を横に振って答えた。部活動はギター部だった。

「そうよね。テストの点は悪くないし、文化祭の発表会も、弓香が一番上手に弾けていたもの。それに、イジメだなんて。あなたがそんなみっともない目に遭うはずないわよね」

本当にイジメられていたら、この一言で、死にたい、と思ったはずだ。

「考えられるとしたら……、もしかしてまた、イジメられている子をかばってあげたんじゃない？　去年みたいに。そうだわ。あの時は特に痛がってたもの。弓香はお父さんに似て、正義感の強い子だから。それで、嫌がらせをされているんでしょう？」

私はそれに対して、強く首を横に振った。しかし、あの人は質問を重ねた。

「今、一番仲のいい子は誰？」

「前川《まえかわ》理穂ちゃん」

私は図書委員会で仲良くなった理穂の名前を挙げた。伝えるのをためらう相手ではないと判断した。あの人は、前川、と念仏のように数回繰り返し、どの子か、正確には、誰の子か、思い当たったようだ。

「ああ、そういうことね。理穂ちゃんと付き合うのはいいけど、他の子ともちゃんと仲良くするのよ」

頭痛の原因も納得できたというふうに明るい口調でそう言うと、遅い昼食の支度にとりかかった。鼻歌を歌いながらチャーハンを作る、まっすぐ背筋の伸びた後ろ姿からでも、あの人の考えていることは手に取るように私には解った。

私が否定したにもかかわらず、頭痛の原因は、クラスのイジメられっ子である理穂をかばったことによる嫌がらせ。もしくは、クラス内にイジメがあることに心を痛めているのだろうと。理穂の父親は不動産会社を経営していた。金持ちの子どもだからイジメられている、とあの人はストーリーを作ったのだ。

理穂はイジメられっ子ではない。そう反論したいのにできず、頭が割れるように痛くなり、私は頭痛の原因が目の前にいる人だということを知った。

それ以来、頭痛が起きても、あの人に訴えることはなかった。むしろ、悟られないよう我慢した。学校で何かあったのかと詰問されたり、私の知らないところで学校に連絡されたりしても困る。ひたすら耐えた。

しかし、ある時、生理痛用の市販薬を飲んだところ、頭痛も一緒に治まり、その後ずっと、同じ薬に頼るようになったのだが……、いったい私はいつまでこの頭痛と闘わなければならないのだろう。

痛みが緩和したところで、寝転んだままスマホを手に取った。

送信者：藤吉《ふじよし》弓香　件名：ありがとう

理穂、同窓会への再度のお誘いありがとう。

申し訳ないけど、やっぱり遠慮させてもらいます。

宿泊のことまで考えてくれていたのに、ごめんね。古民家民宿に泊まってみたいのはもちろん、久々に理穂とおしゃべりしたい、みんなにも会いたい、という気持ちはあるものの、地元に帰る勇気はまだ持てません。

あの人に会わないまま同窓会に出席することができても、後日、私が帰ってきたことがあの人の耳に入ったらどんなことになるか。理穂なら解ってくれるでしょう？

あの人は口では応援していると言いながら、私が女優になったことを許してくれてはいません。水着でグラビア雑誌に出ただけで、泣きながら電話をかけてくるし、たかがキスシーンなのに、やっているふりなんでしょ？　って毎回確認してくるんだから。おかげで、演じられる役も制限されて、なかなか思うように活動できません。

でも、クイズ番組で成果が出せたのは新しいステージの予感かな。準決勝の最終問題、十二使徒全員を答えることができたのは、理穂のおかげです。

結婚してお母さんになった理穂は、きっと毎日、献立や家事の段取りを自分で決め、てきぱきとやりこなし、充実しているんだろうね。うらやましいな。今度また、いろいろアドバイスしてください。

じゃあ、みんなによろしくね。


送信ボタンを押した後、今、私の頭に浮かんでいる理穂の顔はいつのものだろうと考える。好きなマンガのキャラクターについて語る、出会ったばかりの頃の顔だ。

理穂とは中二で同じクラスになり、二人で図書委員になった。仲良し同士で立候補したのではなく、たまたま手を挙げたのが私と彼女だっただけだ。私は一年生の時も図書委員だったが、理穂は二年生になってからだったので、彼女の読書の趣味も知らなかった。

趣味を訊かれて「読書」と答えるのは平凡すぎてつまらないと思っていたが、図書委員になって、利用者があまりにも少ないことに驚いた。顧問の先生が読書活動に熱心だったこともあり、有名作家のエンタメ小説やライトノベルの他、マンガもかなり並んでいたにもかかわらずだ。かといって、自分で買って読んでいる気配もなかった。休み時間の教室で本のことを話題に挙げる子など、皆無といっていいほどだった。

図書館当番の日は、読書にふけることができた。ところが、シリーズもののファンタジーマンガの最終巻が見当たらない。なんで、とぼやいている横で、うちにあるよ、と言ってくれたのが理穂だった。

その日のうちに理穂の家に行ったのは、本の続きを読みたかったからだ。一晩待つのももどかしいほど、夢中になった物語なのに、どうしてか今はタイトルを思い出せない。

出迎えてくれたのは、母親だった。色白で丸顔、目が大きく小柄な……、キューピー人形のような二人が並んで立つと、姉妹のように見えた。

「お姉さんかと思いました」

自己紹介の後で母親にそう言うと、よく言われるのよ、と嬉しそうに微笑み、ねっ、と理穂の腕に自分の腕をからめていた。ねっ、と理穂も照れる様子なく、母親の顔を見返した。姉妹というよりは意思の通じ合う双子のようだった。私はあの人と腕を組むどころか手を繋いだのもいつか思い出すことができなかった。

うらやましい。他人をうらやんだ瞬間に、それが自分に欠けたものだと気付くのが嫌で、何に対してもとがった見方をしていた時期なのに、しまった、と思った時にはもう十分に、あこがれのまなざしを二人に向けていた。

本を受け取ったらすぐに帰るはずだったのに、理穂の部屋に通された私は本棚に心を奪われ、しばらく眺め続けてしまった。私の好きなマンガ家の作品が全部揃っていたのだ。自分が図書室でしか読めない本を理穂は全部持っているというだけで、また、うらやましい、という気持ちが湧きあがった。

我が家は母子家庭とはいえ、経済的な理由からではなかった。

「マンガなんて、読むだけ時間の無駄でしょう」

ある日、学校から帰ると、リビングのテーブルの上に、自室の勉強机の中に入れていたはずの図書室で借りた本が置いてあった。勝手に部屋に入り、机の引き出しをあけた。あの人からそれを悪びれる様子はみじんも感じられなかった。ただただ、あきれ果てたような目で私を見ると、大きくため息をついてそう言ったのだ。

「仲間と冒険をする、感動できる話だよ」

「こんなのが？」

あの人はパラパラと本をめくり、妖精が登場するページで手をとめた。

「こんな裸同然の格好で、いやらしい」

吐き捨てるようにそう言うと、思い切り顔をしかめて本を閉じ、テーブルの上に叩きつけた。

そして、いつものアレが始まった。

「本を読んで感動したいなら、まず、お父さんの部屋にあるのを全部読みなさい。あれだけの本が家に揃っているなんて贅沢なことなのに、どうして、くだらないものに興味を持つの。普通、あなたくらいの歳なら、自分の父親がどんな人だったか知りたいと思うはずでしょう。私が同じ立場なら、父親が読んだ本をむさぼるように読んで、自分の中に父と同じ感覚がありはしないかと思いを馳せるわ。本はお父さんがあなたに残した財産だというのに。お父さんが本好きだったことは、何度も話して聞かせたはずなのに。どうして、ちゃんと伝わっていないのかしら。……まあ、私が伝えたつもりになっていただけなんでしょうけどね」

「……ごめんなさい」

謝らなければならないような話ではないのに。

その時のことを思い出しながらうらめしい思いで本棚を見つめていることなど気付かない様子で、理穂はお気に入りのマンガを取り出しては、これはもう読んだ？　と私の目の前に差し出し、手の上に重ねていった。図書室にはない、読みたいと思っていたものばかりだった。

　誰に否定されようが、たった一人理解し合える人がいればいい。私にようやく本当の親友ができたと感じた瞬間だった。いざという時に救ってくれるのは、親ではなく親友なのだと、信じて疑わない年齢だった。

　理穂の母親から夕飯をすすめられ、一度は断ったものの、理穂に、今夜はママお得意のシチューだから、と言われて、私は家に電話をかけた。あの人から、眉間にしわを寄せたのが解るような、えっ、という声が返ってきて背中が凍ったが、理穂の母親が横からさりげなく受話器を取り上げ、ぜひお願いします、と甘えたように頼むと、しぶしぶ納得したようだ。

「弓香ちゃんは頭がいいんですって？　理穂は私に似てどんくさいし、勉強も苦手だけど、仲良くしてやってね。優しい子なのよ」

　半日かけて煮込んだというホワイトシチューの、野菜は原形をとどめず、チキンはスプーンで簡単にほぐせるほどに柔らかい。手間のかかった深い味がした。しかし、シチューの味よりも、母親の言葉にはっと心を捉われた。

　優しい子なのよ。あの人が人前で私を褒めたことなど一度もない。ここまで来ると、理穂を手放しでうらやましいと感じるしかなかった。私の母親もこんな人だったらよかったのに。

　本当は恐ろしい言葉だと気付くのは、数年先になる。

食後にアイスクリームもごちそうになり、九時前に家の前まで車で送ってもらうと、あの人は玄関の前で私を待ち構えていた。理穂の母親に丁寧に頭を下げ、車を見送ると、私の背中を思い切り小突いた。

「食事をごちそうになるだけでも恥ずかしいのに、こんな遅くまで。小学生じゃあるまいし、非常識な行為だということがどうして解らないの。向こうからもう帰れなんて言えないんだから、あんたが判断しなきゃダメなのに、みっともないったらありゃしない。礼儀については人一倍厳しく教えてきたつもりでいたけど、もっと態度で示さなきゃ伝わらないのね。家で一緒に過ごす時間を充分に作れない私のせいだわ」

「……ごめんなさい」

あの人は他人からものをもらうことをきらった。ほんのお裾分けや旅行の土産でも、できる限り固辞していた。夫を交通事故で亡くしたことから、強く生きていくための自分への戒めだったのか、本来の気質なのかは解らないが、私が物心ついた頃には、あの人はそういう人だった。

初めて訪れた同級生の家で、いきなり夕飯をごちそうになれば、酷くがっかりさせるだろうということは、予測できて当然のことなのに、私は電話をしておけば大丈夫だろうと軽く考えてしまった。だから、私が悪いのだ。

せっかく本を借りたのに、割れるような頭痛のせいで、その夜は読むことができなかった。

……メールの着信音が鳴った。

送信者：野上理穂　件名：いえいえ

返信、ありがとう。同窓会、残念だけど、あきらめます。

弓香に、かえって嫌な思いをさせたんじゃないかなって、反省してます。

お母さんとはスーパーで時々会うよ。わたしがドラマの話なんかをすると、応援してくれてありがとうね、って心から嬉しそうに言ってくれるから、弓香とは仲直りの方向に向かっているんだと、誤解しちゃってました。

でも、お母さん、うちの子にアイスやお菓子をよく買ってくれるし、こちらは感謝しています。

弓香の小さい時にそっくりなんだって。

ということは、将来は大女優？　なーんて。

同窓会は、弓香なら、当日、飛び入り参加でもオッケーなので、気が変わったらいつでも連絡してね。

ではでは。


理穂は、わざとあの人の肩を持つような書き方をしているのだろうか。応援しているように見せかけて、私に嫉妬しているのだ。自分が同窓会に誘えば大丈夫！　と大見得を切ってしまったのに、断られたせいで、私に嫌味の一つでも言ってやりたくなったのかもしれない。

将来は大女優？　よく書けたものだ。自分は夢を叶えるどころか、持つことすらできなかったくせに。しかし、それは彼女自身のせいではない。

親が子どもの夢を応援するなど、私と理穂にとっては幻想にすぎなかった。

あの人は私が幼い頃から、弓香の将来の夢はなあに？　とよく問うていた。そして、いつものように、私がケーキ屋や花屋と答えようとする前にこう続けるのだ。

「やっぱり、お父さんと同じ学校の先生よね」

私の父は私が三歳の頃に交通事故で亡くなった。地元の高校の国語教師をしていた。同じ学校で事務員をしていたあの人とは職場結婚で、あの人は父が同僚からも生徒からも慕われる立派な教師だったことを繰り返し語り聞かせた。

父の葬式は平日の夜だったにもかかわらず、すでに卒業した教え子が一〇〇人以上訪れて、皆が涙しながら父との思い出を話してくれたという。

涙を浮かべるあの人に反論してまでなりたいものはなかったため、小さくうなずいてあの人を満足させていたが、小学校の卒業文集で大失敗をやらかした。

将来の夢を書く欄に「パン屋」と書いてしまったのだ。卒業を控えて、子どもなりの感傷に浸っていた仲良し五人グループで、将来はみんなでお店をやろうと誰かが言い出し、それならパン屋が楽しいのではないかと盛り上がり、友情の証のように皆で「パン屋」と書いたのだ。

そもそも、卒業文集に書いた将来の夢を、本気で取り合う親などどれほどもいないのではないか。へえ、楽しみね、と笑い流す程度のものではないのか。もしくは、それほどに仲の良い友だちができたことを喜ぶものではないのか。

あの人は卒業式を終えて帰宅後、何なのこれは、と卒業文集を私の前に突き付けると、頬をぶつようにリビングのテーブルに叩きつけた。

「お母さんは弓香が立派に成長してくれたことが嬉しくて、卒業式のあいだ中、涙が止まらなかった。普通は二人ですることを、お母さんは一人でやらなきゃならなくて、これでいいんだろうかって悩むこともたくさんあった。でも、弓香はちゃんとお母さんの気持ちを受け取ってくれているって信じてた。どこに出しても恥ずかしくない、それどころか、誰にでも誇れる立派な子に成長したと、喜んでた。それなのに、何も伝わっていなかった。お母さん、子どもをまっすぐ育てるには、親の背中を見せるのが一番だと思って、今はもう姿を見ることができないお父さんの話を、何度も聞かせることしかできなかったけれど、全部、全部、無駄だったってことじゃない。ううん、お母さんの話し方が悪かったってことね」

涙をぬぐったあの人の手の甲には、普段塗らないマスカラとアイシャドーがべっとりとついていた。

「……ごめんなさい」

そう言って、卒業式の後の教室で友人たちと肩を抱き合った時よりも激しく泣いた。涙の種類はまったく違うのだけれど。

将来の夢は「教師」でいいではないか。

年齢を重ねていってもそう思えなかったのは、手本となるような教師に出会えなかったからなのか。それとも、大人になるのははるか遠い先のことのようで、日々の生活の中で考え込むようなことではないと思っていたからなのか。

学校では図書室や理穂から借りたマンガを読み、家では父が買い集めたという本を読んだ。マンガの方が断然おもしろいと思いながらも、文学を読むことはそれほど苦痛ではなかった。

それよりも気になったのは、家にある本に、ほとんど人に読まれた形跡が見当たらないことだった。折り目も汚れもない。それだけなら、大切に読まれたと解釈できるが、全集案内などのチラシが挟まったままというのはどういうことなのか。箱が色あせ、ビニルカバーがかたくなっているのは、年月が経過した証であり、読まれた形跡ではない。

もしや、これらの本はただの飾りとして購入されたのではないか。直接、あの人にそんなことを確認する勇気は持てず、遠回しに訊ねた。

「家にある本の中で、お母さんのおすすめは何?」

「え、ええ、そうねえ……。『風と共に去りぬ』かしら」

「どんな話?」

「アメリカの……。まあ、そんなことは人に訊かずに、自分で読んでみるものよ」

「じゃあ、お父さんが一番好きだった本は?」

「……夏目漱石のどれかだった、ような。読めば解ると思うわ。自分で探してみなさいよ」

父が読んだ形跡のない本から、父の何が解るというのだ。あの人の語る父親こそがお得意のストーリーだったのではないかと、今になっては想像できる。

しかし、そんなことはどうでもよかった。むしろ、それぞれが好きだった本をちゃんと答えられて、後日、感想を求められた方がやっかいなことになっていた。同じ感性ではないとなじられ、泣かれることを思えば、ベストな結末だったとも言える。

そして、高校生になった頃、ついに私にも将来の夢ができた。

小説家になりたい、という。

……メールが届いた。理穂からの追記かと思ったが、事務所のマネージャーからだ。

送信者：佐倉玲《さくられい》　件名：番組出演依頼　添付：「人生オセロ」

藤吉弓香様　お疲れさまです。

ＭＭＳのトーク番組「人生オセロ」からの出演依頼がきました。先日の「クイズ王下剋上」での弓香さんの活躍を見た番組プロデューサーが、ぜひ出演してほしいと思ったそうです。

くわしくは添付の出演依頼状をご覧ください。

この春に始まったばかりですが、毎回、社会的なテーマを取り上げ、有名人が表のたてまえと裏の本音の両面について、熱く語り合う姿が、幅広い世代からの支持を集め、回を追うごとに数字が上昇している番組です。

ぜひ、出るべきです！　と言いたいところですが、テーマについて語るところがなければ、別の興味深いテーマの回に変更してもらうこともできるそうです。

急かして申し訳ございませんが、明後日の午前中までにお返事お願いします。

佐倉玲

テーマは「毒親」――。

子どもを支配する親。特に、娘を支配する母親に多いと言われている。ここ数年で、多用されるようになった言葉だが、毒親がいきなり出現したわけではない。被害を受けた子どもがようやく声を上げられる世の中になってきたというだけだ。

しかし、私の知る限り、毒親に支配されていたことを公の場で語る芸能人や作家というのは、母親が亡くなっていたり、認知症になっていたりする場合が多く、その分、本人たちの年齢も高い。

一番救われなければならないのは、これから夢を叶えたいと思っている若い子たちであるはずなのに、彼女らの母親やそれより上の世代の人たちが告白していては、自分も勇気を持とうという気にはならないのではないか。むしろ、我が子を支配していることに自覚のない母親が、自分も支配されていたという被害者意識に陥り、弱い自分を過剰に演出しながら、ますます子どもを追い詰めている可能性もある。

もちろん、三〇歳を過ぎた私だって、一〇代の子から見れば、母親世代と見なされるかもしれない。それでも、今、声を上げている人たちと比べれば、まだ、説得力はあるはずだ。

自由に遊ばせてもらえなかった。お金を持たせてもらえなかった。大学に行かせてもらえなかった。望む職業に就かせてもらえなかった。好きな人との結婚を許してもらえなかった。そういったことの原因が、たとえ母親からの支配であっても、そういう時代だったんでしょ、とバッサリと切り捨てられてしまう世代の壁というものがある。

男女雇用機会均等法とか、男女共同参画社会基本法などの、法律の施行の前と後といった具合に。私はその壁のギリギリ手前にいるはずだ。

私が自分の体験を話すことによって、解放への第一歩を踏み出せる子たちがいる。出演する価値は十分にある。とはいえ、人気番組で語るということは、あの人にも聞かせるということだ。テレビ出演を伏せておいても、後日、誰かの口から必ず耳に入る。

番組を見られることになる。タイムラグすら生じないはずだ。

昨年ブルーレイデッキを購入した際、配達に来た電気屋の若い店員が、どこで藤吉弓香の実家だと聞いたのか知らないが、頼みもしないのに、番組表に弓香の名前が載っているものはすべて録画するように設定してくれた、とあの人が電話で話していたことがある。

私の母親こそが「毒親」です……。

キスシーンどころではない。全裸のベッドシーンの方がマシなのではないかと思えるくらい、半狂乱になって電話をかけてくる。マンションまで押しかけてくるかもしれない。エントランス前で待ち伏せされて、包丁で刺されるかもしれない。

いや、確実に殺される。

せっかくのチャンスだが、今回は断った方がいい。しかし、メールには変更とあるが、果たして本当に次の機会があるのだろうか。

あの人の反応が恐ろしくて、ベッドシーンのある二時間ドラマの出演を断ったことがある。主演ではないが、インパクトのある役だった。私を指名してくれた制作会社のプロデューサーは、残念ですが次はぜひ、と言ってくれたが、その後、声をかけられたことは一度もない。有能な秘書や看護師といった、その人が手掛けた作品で、私に合う役どころはたくさんあったというのに。

やはり、今回受けておいた方がいい。そもそも、自分の体験を語る必要はないのではないか。むしろ、親友を毒親から守ろうとした、という一〇代の頃のエピソードの方が、番組制作者の意図には十分に沿わないかもしれないが、私がメッセージを送りたい人たちに届くのではないだろうか。

番組名が「人生オセロ」というように、毎回のテーマに合わせて、白い面と黒い面、両方の話をすることになっている。

第一回のテーマは「友情」だった。

白い円卓を囲んだ出演者は順に、自分と親友だと思っている人との熱いエピソードを語った。思いやりや自己犠牲、絆、といった言葉に会場が涙に包まれた頃、中央の円卓がひっくり返り、白から黒へと変わる。その途端、出演者たちは同じ人物の別のエピソードや感動的だと思わせていたエピソードの顚末を、泣いたり怒りをかみしめたりしながら話して聞かせる。嫉妬、裏切り、人間不信。

演出がえげつないとクレームが殺到したせいか、ごくまれに、黒から白へと変わる回もあるが、視聴率が高いのは、断然、白から黒への回だ。

テーマが「毒親」ならば、おそらく白から黒への演出になるに違いない。

そこで、私は親友の理穂の話をする。

まず、白い面の時は、理穂と母親が双子のように仲が良かったエピソードを。母親は手をかけた料理を毎食用意し、昼休みになると、私も他のクラスメイトも、自分が弁当箱の蓋をあける時よりも、理穂のを見る時の方がドキドキしていたこと。高校生になると、母親と理穂が服やアクセサリーを共有していたこと。

もちろん、貧乏だからではない。母親は家族のためにいつも美しくありたいと、スタイルを維持していたし、肌もツヤツヤしていた。その上、大人にありがちな、若い子の好きなものを片っ端から否定するようなこともなく、むしろ、積極的に取り入れようとしていた。これは、やりすぎると逆にイタい結果になりがちだが、理穂の母親に対して、そのように感じたことは一度もない。

ある程度の年齢になって解ったことだが、若い子向けといっても、何百円、何千円の安物ではなかったからだ。質の高い、若い子に向けたデザインのものを、母と娘で共有していた。理穂のオシャレな私服が自分の服の値段とゼロの数がいくつか違うと気付いたのは、大学生になって田舎町を離れてからだった。高級品店のウインドウに、理穂母娘が愛用していたバッグが飾られているのを見たこともある。

しかし、理穂と母親はファッションを共有することで、金持ちアピールをしていたわけではない。二人の趣味が同じであることが、二人にとっての喜びのようだった。

自分の親から、ミニスカートを買えば注意され、歌番組で好きなアイドルが歌っているのを夢中で見ていると、こんな何を言っているのかも解らない、頭の悪そうな曲のどこがいいのかしら、と顔をしかめられていた（このくらいなら言ってもいいだろう）私は、理穂と母親の関係が心底うらやましかった。

その中でも特に、うらやましいと感じたのは、理穂が母親から一度も勉強を強いられたことがないということだった。

白エピソードはここで終了だ。他のゲストたちは、自分は親から勉強しろとばかり言われていたとか、テストの点が悪いと怒られたとか言いながら、理穂をうらやましがるようなコメントをするはずだ。

そして、黒に反転する。

「わたしって、ママがいないと何もできないから」

これが理穂の口癖だった。確かに、毎日手の込んだ弁当を持ってきているくせに、学校の調理実習では、じゃがいもの皮もろくに剝くことはできなかったし、制服のブラウスにはきれいにアイロンが当てられていたのに、球技大会のクラスの鉢巻を女子で作った際には、水色のサテン生地を茶色く変色させていた。

「勉強も、ママが行った短大に入れればオッケーなんだけどね」

県内の女子短大で、偏差値ではなくエンゲル係数で入学が決められる、と陰口をささやかれているようなお嬢様学校だった。それが事実なら、私はどんなに勉強しても入ることができないところだ。入りたいとも思わないけれど。しかし、理穂が不器用なのは認めるが、自分で卑下するほど頭が悪いと思ったことはない。

その証拠に、私たちが共に合格した高校は、公立では地域で一番の進学校だった。発表の掲示板前では、理穂と母親が抱き合って喜んでいたが、そんなに大袈裟に喜ぶほど、理穂の成績は普段からそれほど悪くなかった。

高校生になると、二人とも読書の趣味がファンタジーマンガからミステリ小説へと移行していったが、私が理解しきれなかったトリックを（作者の書き方が下手なのだと早々に突き放したものではあったが）、簡潔に説明され、感心したことが何度かあった。

「理穂は頭いいよ」

私は彼女が自分を卑下するたびにそう言った。笑顔の彼女に対して真剣な表情で。

「今がわたしのピークなんだって。ママもそうだったみたい。これからみんなが受験勉強に向けて真剣に取り組み始めたら、わたしなんて、すぐについていけなくなっちゃうって。でも、無理して、大切な一〇代を、将来役立つかわかんない、無意味な劣等感を抱えるリスクの高い、受験勉強に捧げる必要はないって言ってくれてるんだ。それよりは、友だちと楽しい思い出を作る方が、素敵な大人になれるでしょって。ママみたいなね。パパの会社だって、無理して継がなくても、立派なお婿さんに来てもらえばいいだけだし」

なるほど、と感心しかけたが、すんでのところで思いとどまった。それは、努力してもできなかった子にかける言葉だ。理穂はまだ本気で勉強したこともないはずなのに、母親はどうして最初から、試合に参加させないような言い方をするのか。

理穂がかしこくなって、いい大学に入ってしまったら、同じでなくなるから。それが恐ろしくて、そうならないように誘導しているのだ。地元で不動産会社を経営しているという理穂の父親は、その頃、仕事が忙しく、家に帰ってくるのは週に二、三日だけだと聞いていた。その間に、誘導しきろうとしているに違いない。

そう思った私は、高校二年生の二学期、理穂に中間テストの五教科の点数を競おうと持ちかけた。負けた方は絶対に、誰かに告白しなければならない、ということにして。私には好きな男子はいなかったが、理穂にはほぼ両想いではないかと思えるような仲のいい男子がいた。理穂は最初から勝負は捨てて、彼に告白するきっかけを作るために、二つ返事で引き受けたような気がする。

しかし、結果は理穂の勝ち。国語はほぼ満点に近い僅差で負けた。これは想定内だったが、数学と理科で負けたのは、こちらから勝負を挑んだにもかかわらず、信じがたいことだった。低レベルな争いではない。理穂が両教科ともクラスの最高点という結果を出したのだ。英語と社会はかろうじて私の勝ちだった。

理穂が優秀だということは、誰もが認めざるを得ない事実となった。しかし、理穂は私に勝った直後こそ、とても嬉しそうにしていたものの、日が経つにつれ、後悔しているように見えてきた。そして、私に言ったのだ。

「弓香とは二度とこんなことしない」

テストの点を競うだけでなく、私とかかわることすら避けるようになった。本も貸してもらえなくなった。理由を訊ねても、いつも通りじゃん、とその時だけ親友のような顔をして笑い返されるだけ。

母親からの差し金に違いない、と確信した。せっかく娘を上手くコントロールしてきたというのに、邪魔をされてはたまらないと、理穂から私を遠ざけようとしたのだ。

誰かと競うなんて理穂は苦手でしょう？　あの子とは合わないんじゃないかしら、ママはオシャレ好きな明るいタイプの子と仲良かったんだけど、理穂の周りにそういう子はいないの？　などと言って。そうやって、医者にでも、研究者にでもなれたかもしれない娘の可能性の芽を、母親は摘み取ってしまったのだ。

……メールの着信音が鳴った。理穂からだ。まるで、私の企みに気付いたかのようなタイミングで、メッセージを開くのに少し緊張してしまう。

送信者：野上理穂　件名：訃報

イノチュー会の皆さんへ
同窓会の出欠確認の最中に、江川《えがわ》マリアさんが半年前に亡くなられていたことが解りました。自殺だそうです。
実行委員で話し合った結果、マリアさんの仏前にお花をお供えさせていただくことになりました。費用は同窓会積立金から出させていただきたいと思いますので、何卒、ご了承ください。

同級生が亡くなった知らせを受けるのは初めてだ。しかも、自殺。

江川マリアの顔はすぐに頭の中に浮かんできた。中学一年生の時の顔だ。色黒でやせっぽちで、肩にはいつもフケがたまっていたものの、長すぎる前髪の下には、大きな目とすっとのびた鼻がかくされていた。学年の誰よりも美しい顔。その顔はうらめしそうに私を見つめている。

中学校に入学してすぐに、私は仲間外れにされるようになった。せっかく同じクラスになれた小学校からの仲良しグループのメンバーに、パン屋になれなくなった、とバカ正直に伝えてしまったからだ。そんなのどうでもいいよ、と笑って許してくれると期待していたのに、皆、冷たい目で私を一瞥すると、それ以降、目を合わせてくれなくなった。弁当も、委員会にかこつけて、一人、図書室で食べることにした。

私にとっての一番の問題は、春の遠足で誰と一緒に弁当を食べるかということだった。クラス内には早々にグループができあがっていた。休み時間に一人ぼっちでいるのは、私と……、江川マリアだった。マリアとは小学校は違っていたが、誰に入れ知恵されることなく、彼女が避けられている理由を察することができた。

不潔だからだ。そして、不潔の理由は、自分の家が金持ちでないにもかかわらず、貧乏のせいだと頭の中で勝手に決め付けていた。

それでも一人は嫌だ。遠足の時だけでいい。そう思って周囲の視線を気にしながらマリアに声をかけると、彼女は長い前髪の下から訝しげに私を見て、私が「本気で誘うわけないじゃん」と笑い出さないのを確認してから、いいよ、と小さな声で言って微笑んだ。

この子、キレイだ。電流が走ったようにそう気付き、クラスの誰も気付いていないのだろうかと、不思議な気持ちで辺りを見回してしまった。惨めな気持ちで声をかけたことを申し訳なく思ったほどだ。

遠足当日、小学生の頃から何度も学校行事で訪れた市民公園の片隅で、約束通り、二人で一緒に弁当を食べた。あの人が作ってくれた弁当は、中学生女子用というよりは、サラリーマン用といった、見た目よりも栄養重視のものだったが、それでも、マリアの弁当よりは華やかに思えた。

卵焼きとふりかけごはん、ちくわキュウリ。それしか入っていなかったのだから。から揚げと卵焼きを交換しよう、とつい言ってしまった。

「弓香ちゃんって、優しいよね」

マリアはそう言って、私の弁当箱の蓋に、卵焼きを一切れ入れてくれた。私もから揚げを一つ同じように蓋に載せ、その箸で卵焼きを口に放り込んだ。あっ、と声を出してしまいそうなほど美味しい卵焼きだった。不思議な歯ごたえのあるものが混ぜ込まれている。

「何これ！」

「切り干し大根を入れてみたんだ。台湾にそういう料理があるんだって」

マリアは照れたようにそう言って、から揚げを少しかじった。卵焼きのネタばらしにも感心したが、マリアが自分で弁当を作っていたことにも驚いた。料理が好きだから自分で作ったのかもしれないが、そうでない場合もある。他の子になら平気で訊ける家族構成について、マリアに訊くのは抵抗があった。

遠足を機に、私たちはうんと距離を縮めた。昼休みも教室で一緒に弁当を食べた。卵焼きに入れたらおいしそうなものを二人でいろいろ考えては、翌日マリアが作ってきてくれ、私のおかずと交換しながら、感想を言い合った。青のりとソースを入れたお好み焼風、のりチーズ、ケチャップマヨネーズ、丸ごとチクワ……。

でも、楽しい時間は長く続かなかった。あの人が、私のカバンの中を勝手にあさり、遠足の時の写真を見つけてしまったからだ。風呂から上がると、リビングのテーブルの上に、担任の先生にマリアと二人で写してもらった写真が置いてあった。

「この子は新しくできた友だち？」

私は小さく頷いた。

「江川さんっていう子じゃないの？」

どうして知っているのかと驚いた表情が、そうだ、という返事になった。

「こういうことを本当は言いたくないけど……。弓香は江川さんのお母さんがどういった人なのか知っていて、仲良くしているの？　口に出すのも汚らわしいようなことをしているのよ。だから、と言って、お母さんは子どもまで否定するつもりはない。でもね、きちんとした親に育てられない子は、どこかしら問題があるものなのよ。他の子たちと一緒に、江川さんと仲良くしてあげるのはいい。せっかくの遠足なのに、江川さんに友だちがいないから、弓香が声をかけてあげたんでしょうけど、二人きりになる必要はないでしょう？　それとも、もしかして、弓香、うちが母子家庭だからって、江川さんの家と同じだと思ってるんじゃないでしょうね。もし、あんたが心の片隅でもそう思っているのなら、お母さんを侮辱しているのと同じなのよ。解ってる？　あんたが江川さんと仲良くすれば、周囲は母子家庭同士だからだと思う。それはつまり、私があんな人と同等だと、あんたがふれまわっているのと同じことになるのよ。お母さんは、あんたには何不自由ないように育ててあげているのに。何が足りないの？　ねえ、教えて。お母さんはこれ以上、あんたのために何をしてあげたらいいの？」

「……ごめんなさい」

マリアの家が母子家庭だということも、あの人の口調からして、母親は水商売をしているのだろうということも、その時初めて知った。それでマリアを嫌いになることはなかった。料理上手だということをあの人に教えてあげたかった。でも、そんなことを伝えても意味がないことも解っていた。

翌日、私はマリアが登校する前に、前の仲良しメンバーにグループに戻してほしいと頭を下げた。皆、パン屋熱などとっくに冷めていたらしく、こんなことを言われた。

「そろそろ弓香ちゃんをあの子から救ってあげなきゃと思っていたんだ」

この後で、マリアもグループに入れてあげてほしいなどと頼めるはずがなかった。

もう、お弁当は一緒に食べられない。そう伝えると、マリアは泣きそうな顔で、いいよ、と言った。昼休みの教室に、彼女の姿はなかった。その日、二人で食べるはずだった明太子マヨネーズ卵焼きがどんな味だったのか、知ることは永遠になくなった。

マリアは学校も休みがちで、二年生からはクラスも離れ、結局、高校もどこへ行ったのか、その後何をしていたのかも知らないままだが、自殺するほど彼女を追い詰めた要因の中には、自分のことも含まれているような気がしてならない。

……頭がズキズキと痛み始めた。

送信者：藤吉弓香　件名：供花
理穂、連絡ありがとう。マリアのこと、ショックです。
私からも個人的に供花を送らせてもらいたいのだけど、連絡先を教えてもらっていいですか？
それから……、自殺の原因って知ってますか？

送信者：野上理穂　件名：Ｒｅ：供花
弓香はお花を送らない方がいいと思う。
詳しく話せなくて、ゴメン。

私からの花はいらない。マリアは私を恨んでいた、ということだろうか。

どうして、あの時、あの人の言いなりになってしまったのだろう。マンガを隠れて読んでいたように、あの人に内緒で、学校ではそれまで通り仲良くしていればよかったのだ。二人で撮った写真といった、証拠品を残さなければいいだけだったのに。

いや、あの頃の自分、正確には、生活能力がなく、あの人に養ってもらわなければ生きていけなかった頃の私には、どんなに些細なことでも、あの人に刃向かうことなどできなかった。子どもが家を出ていけないことを前提に、抑圧するのは保護者として一番ズルい手段だ。支配関係を誇示しているようなものなのだから。

高校二年生で初めてできた彼氏とも、すぐに別れさせられた。

あの人には黙って、二人で隣町まで映画を観に行き、晩の九時には家に着く電車に乗ったのに、改札口にはいつから待ち構えていたのか、あの人が恐ろしい顔で立っていた。狭い町では誰かしら密告するのだ。彼の成績がいまいちだというくだらない個人情報や女に軽薄だというデマまで添えて。彼に直接文句を言われなかったのは幸いだったが、家に帰り、玄関を一歩入った瞬間、平手打ちが飛んできた。痛い、と声を発する間もなく、不潔とかいやらしいとかいった言葉を交えた涙の説教が始まり、週明けには、もう二人で会えないことを彼に泣きながら伝えなければならなかった。

女友だち同士のお泊り会もダメ、買い物もダメ、アルバイトもダメ。電話も連絡事項のみ。むしろ、許可されていたことを思い出す方が難しい。

自己主張の最初のチャンスは、就職活動の時だった。決裂しても生きていける。田舎者の高校生が、家を出る、町を出るためには、進学するしかない。昔は、就職するために地方から都会に出ることができたが、今の時代では難しい。もともと都会に住んでいる人だって正規雇用で仕事に就くのが困難なのに、わざわざ地方から凡人を呼んで雇おうとする会社など皆無に等しい。

私の場合、進学の条件は教職課程を取り、地元の採用試験を受けて教師になることだった。小説家になりたいことは伏せておき、文学部のある、東京の共学の大学を受けたいとあの人に申し出た。しかし、反対される。まずは、東京。そして……。

「共学なんてダメよ。寮のある女子大にしなさい。それに、ゆくゆくはこっちに帰ってくるのに、共学の有名大学を出ていたら、婚期を逃してしまうでしょう？」

あの人は、男は自分よりバカな女としか結婚しない、と決め付けていた。父は地方の国立大学、あの人は私と同じ地元の進学校だったとはいえ、高卒だった。教師になれ、という呪文のような言葉には、父親のような尊敬される社会人となって自立しろ、という意味が込められているものだとばかり思っていたため、いきなり、結婚と言い出されたことにためらった。

もしも、私に兄か弟がいれば、教師になることはそちらに託し、私には、堅実な職業（おそらく公務員）の人と結婚することを、子どもの頃から勧めていたかもしれない。

親は片方亡くなっているとはいえ、二人。子どもは、一人。この場合、子どもは二人分の人生を投影されることになる。

とはいえ、東京への進学は許されたのだから、機嫌を損ねてはならない。私は名の通った（もちろん寮のある）女子大をいくつか受験した。そして、合格。解放感に満ちた生活が始まるはずだったのに、あの人からは二日に一度、初めて持ったケータイに電話がかかってきた。メールではない。電話だ。

元気か、ハメは外していないか、よい友だちはできたか、おかしな男にひっかかっていないか、そして……、教師になる勉強をしっかりしているか。

四年生の春に、教育実習のため、実家に戻った時などは、頭痛薬が手放せない毎日だった。教職課程で、本当に教師を目指している人たちと接するたびに、自分は教師に向いていないことを実感した。誰かの人生の手助けをしたいと思ったことなど一度もない。自分が学ぶ喜びや達成感はあっても、他人の成果に満足を得たり、感動を共有したりしたいとは思わない。

教壇に立つとますますそう感じるのに、家に帰るとあの人は、頭痛のせいで私の顔色が悪いことにも、模擬授業が上手くいかずに悩んでいることにも、まったく気付こうとせず、ただ、お父さんはお父さんは、とどこまでが真実なのか解らない熱血ドラマのワンシーンのようなストーリーを、どかどかと投げつけてきた。

もう限界だ。

「お母さん、私、本当はずっと小説家になりたかったの。文学を書きたい」

あの人の顔色をうかがいながら打ち明けた。私に文学小説を読めと言い続けたのはあの人だ。もしかすると解ってくれるのではないか、と期待する気持ちがどこかにあった。

「あら、そうなの。そういえば、国語の教師をしながら小説を書いている人って、時々聞くわよね」

機嫌よくそう言われたのだから、もう黙っていればよかったのだ。それなのに、激しい痛みは、本音を吐露することでしか緩和されないといわんばかりに、言葉が溢れ出た。

「そうじゃない。教師になりたくないの。私には向いていない。私は小説家にだけなりたいの。前から、ずっとずっとそう思ってたの！」

あの人の顔が悲しげにゆがんだ。

「バカなことを言わないで。お母さんはこれまで、何のためにがんばってきたの。うちにはお金があり余っているわけじゃない。それでも、弓香が教師になってくれるならと、がんばって大学に行かせてあげたのに……。小説家？　何、バカなことを言ってるの。だいたい、本気で前から目指していたのなら、学生のあいだになればよかったんじゃない。時間はたっぷりあったでしょう？　一作でも書いたの？　応募したの？　一度くらいは惜しいところまでいったの？」

「書きたかったけど、寮暮らしだと一人になれる時間なんてなかったの！」

「マンション住まいをさせてあげられなかったお母さんのせいだって言いたいの？　いくら必要だったの？　あと、どれだけがんばればよかったの？」

「……ごめんなさい」

　いつものように謝ったものの、今回ばかりは、それであの人の望み通りになったわけではない。言いつけ通りに受けた採用試験に、私は合格できなかったのだから。結局、あの人の努力を、全否定したことになる。

　しかし、あの人は怒りも、泣きもしなかった。採用試験に一発合格できる方が稀なのだからと、私を励まし、講師の仕事を知り合いに頼んで探してもらうから、安心して残りの学生生活を楽しんでこっちに帰ってきなさい、と新しいストーリーをすでに組み立てていたのだ。

　結果、講師の仕事は空きがなく、代わりに見つけてきた、市役所の観光課の臨時職員の仕事で、女優としてスカウトされることになったのだから、ある意味、あの人の敷いたレールの延長上に今の私があると言える。もちろん、あの人は私が家を出て、芸能界に入ることに猛反対した。いつものように、ごめんなさい、と言わされそうになった。その言葉を押し留め、私の背を押してくれたのが、理穂の結婚だ。

　母親の言いなりになって、好きでもない相手と結婚させられる姿を見て、ああなりたくない、と思ったのではない。理穂は親の決めた相手と結納までかわしていたのに、本当に好きだった相手と駆け落ち騒ぎを起こして破談させ、そのまま結婚することができた。

彼女は戦い、勝利を得たのだ。自分も、ここが支配から逃れる正念場なのだと心を決めた。そうしていつもの悲しみと怒り劇場のあとに、本来なら、ごめんなさい、と締めくくられるところを、こう言ったのだ。

「私はお母さんの奴隷じゃない！」

あの人はしばらくのあいだ、呼吸をするのも忘れたようにじっと私を見つめていた。頭の中で、私の言葉を何度も反芻していたのだと思う。そうしながら、私が一番傷つく言葉を捜し、思い付いたのだろう。

「あんたの悲劇のヒロインごっこに付き合わされるのは、もううんざりよ」

腹の中の汚いものをすべて吐き出すような声だった。

それなのに、あの人の悲劇のヒロインごっこは今も続いている。遠く離れた田舎から娘の成功を深く願う母親、という新たなストーリーを組み立てて。

頭の疼きは止まらず、目の前が白黒点滅し始めた。この痛みは、もう薬では抑えられない。初めから、薬など気休めでしかなかったのだ。

白、黒、白、黒……。痛みから解放されたければ、戦え、戦え、戦え！　おまえはその手段を知っているはずだ――。

送信者：野上理穂　件名：訃報

イノチュー会の皆さま。

昨日、藤吉弓香さんのお母さまが亡くなられました。すでに、一部ネットでは、弓香さんがテレビ番組で幾度か公表した「毒親」のエピソードと、それにまつわる本の出版のショックによる「自殺」、という書き込みが見られますが、絶対に信用しないでください。

交通事故です。

葬儀については、弓香さんの事務所に問い合わせ中です。

詳細が解り次第、同窓会の活動を応援してくださっていたお母さまに、イノチュー会から、お花を送らせていただきたいと思っています。その場合、積立金から費用を出すこと、ご了承ください。

お母さまは、日ごろから弓香さんの活躍を喜ばれていました。地元のファンクラブの人たちへの挨拶回り、町内会の役員やボランティア行事への参加など、面倒な仕事を笑顔で引き受けてくれていました。

それらの疲労がたたり、信号を見誤ってしまったのではないかと言われています。

お母さまの思いを引き継いで、イノチュー会一同、これからも藤吉弓香さんを応援していきましょう。

ホーリーマザー

子どもの幸せを願うことは、他者から非難されなければならないことなのでしょうか？

親なら誰しも、子どもを授かったと知ったその瞬間から、自分のことよりもその小さな存在を案じるものではないのでしょうか？　時には、命をかけてさえ。

無事、生まれてきてくれるだけでいい。できるなら、健康に。

元気に生まれてくれれば、今度は定期健診で、発達に遅れがないと言われて胸をなで下ろすけれど、隣の子が我が子にできないこと、たとえば、元気よく寝返りをしていたり、上手にお座りをしていたりしたら、不安が込み上げ、うらやむ気持ちまで抱いてしまう。

とはいえ、そんなことはおくびにも出さず、個人差があるのは当たり前、などと自分に言い聞かせながら家に帰るのだけど、なんとなく、お気に入りのぬいぐるみやおもちゃを片手に、うらやましいと感じた動きへ我が子を誘導するような行為をしてしまう。

二歳、三歳になれば気になるのは体の発達だけではない。子どもと二人で向き合っている時は、おしゃべりが上手になったことを微笑ましく思っていた程度だったのに、幼児教室の無料体験レッスンに参加してみると、我が子は他の子よりも耳がよいのか、初めて聞いた英単語の発音がしつかりしていることに気付く。

名前も知らない母親から、すごいですね、と褒められれば、社交辞令だと解っていても自然と笑みが込み上げ、この人の子どもも何か褒めてあげなければ、と上からの目線で我が子を中心とした子どもたちの集団を眺めてしまう。

うちの子は才能があるのだ。そんな優越感に浸りながら、本格的に英会話教室に通わせてみようかという思いが湧きあがってくる。

私は中学、高校と英語の成績がパッとしなかった。しかし、それは自分に語学センスがなかったからではない。大半の子が塾に通っているのに、我が家は経済的な余裕がなかったため、通わせてもらえなかったからだ。なのに、学校の教師は生徒たちが塾に通っていることを前提に、上っ面をなぞるような教え方しかしなかったから、基礎の段階から置いてけぼりをくらってしまったのだ。

一教科秀でているといっても、英語と国語ではカッコよさがまるで違う。国語が得意だった私は、休憩時間も一人で本を読んでいるような内向的なイメージを周囲から持たれていたけれど、英語が得意だったA子さんは明るくオシャレなイメージがあり、教室では常に彼女を中心に円ができる、クラスのリーダー的存在だった。

二〇代半ばの頃に行われた同窓会で、A子さんがスチュワーデス（今はCAということは知っています）になったことは、彼女が欠席しているにもかかわらず、その日一番華やかで盛り上がる話題となった。周囲に合わせて、すごいなあ、と口にするごとに、役場勤めをつまらなく感じた。

　クラスの女子で、四年制大学を出たのは自分と彼女の二人だけ。この会場にも堂々とやってきた。なのに、この扱いの違いは何だ。英語だ。ああ、私も塾に通わせてもらえていたら今ごろは……。

　そんな思いの向こう側に我が子の姿がありました。娘にはあんな惨めったらしい後悔をさせたくない。日本語もろくに話せないうちから隣町の駅前にある英会話教室に通わせ、やめたい、と弱音を吐く娘に、今は辛くても将来きっと役に立つからがんばりなさい、と言い聞かせていた私は……、毒親（そもそもこんな言葉、いつできたのでしょう？　この言葉を使っている人は、ただ流行りに乗りたいだけのように思え、自分で使用するのは、かなりの抵抗を覚えます）なのでしょうか。

　ＣＡとなり、世界中の空の上で活躍している私の娘は、幼い頃から母親に支配されていたと感じているのでしょうか。

　もしも、そのような思いを抱いているなら、蓄積した恨みを面と向かってぶつけてほしい。私は目の前が真っ暗になり、あなたのためを思ってしたことなのに、と泣きながら怒鳴りつけてしまうかもしれない。ならばどうしてほしかったのだ、とつかみかかるかもしれない。思わず右手を頭上に振り上げてしまうかもしれない。その姿に娘は、やはり毒親だ、と思うかもしれない。

　しかし、たとえそうなっても、これは私と娘の問題です。他者に影響が及んでいるとしても、家族内の問題です。二人で話し合えばいい。家族で話し合えばいい。

私の娘なら、そうするはずです。だから、解らないのです。

私の友人の娘さん、いいえ、名前を伏せる必要はありません。女優の藤吉弓香《ふじよしゆみか》さんは母親への不満をなぜ、テレビや本を通じて、日本中に知らしめなければならなかったのでしょう。関係のない人たちに向かって。彼女の母親は話が通じない人で、これ以外に訴える手段がなかったからではないか、と推察する人がいることは承知の上での疑問です。

本当に最終手段だったのでしょうか？　弓香さんは、一度は、勇気を出して母親に苦しい思いを打ち明けたのでしょうか？

私は弓香さんの母親、藤吉佳香《よしか》さんの友人でした。しかし、彼女のすべてを知っているわけではありません。彼女より年上の私には常に、困った時は遠慮せずに頼ってほしい、という思いがありましたし、折に触れて、佳香さんにそう伝えていましたが、はいそうですか、と簡単に甘えてくれるような人ではありませんでした。

ご主人を早くに亡くし、女手一つで弓香さんを育てていく中で、こちらの想像が及ばないほどの苦労があったはずなのに、佳香さんが愚痴を吐くのを聞いたことは一度もありませんでした。だからこそ、弓香さんとの関係においても、誰にも相談できないことがもしかするとあったのかもしれませんが、彼女は決して話が通じない人ではありません。自分の考えを一方的に押し付けるような人でもありません。遠慮深い人です。

弓香さんは母親に本心を告げることなく、突然、自分が思い込んでいる母親との関係を公表したのではないでしょうか。

そうだとすれば、それはとても卑怯な行為だと思うのです。女優の弓香さんは全国に声を発信する手段を持っています。しかし、佳香さんは持っていません。インターネットで公表すればいい、と考える人もいるかもしれませんが、どこに掲載すれば、素人の訴えに多くの人が目を留めてくれるというのでしょう。

弓香さんは相手が反論できないことを逆手にとって、自分こそが毒親の被害者であるかのようにふるまったのです。

そんなことが許されてもいいのでしょうか――。

自分専用の軽自動車のハンドルを握り、隣町に向かって国道を走る。交通量の少ない、何の刺激もない道を走っていると、ひと月ほど前に義母から渡された原稿のことが頭に浮かんできた。

四〇〇字詰め原稿用紙六枚にびっしりと、おそらく夜中にかなり思いつめた様子で書いた文章を、息子が出勤するのを待ってからわたしに差し出したのだろうけど、わたしはそれをいつ読めばいいのか。そんな顔で見返すと、暇な時に読んでもらえないかしら、と口にしながらも、眼は、すぐに読め、と訴えかけていた。

自分で託児サービス所を立ち上げ、何十年も代表を務めてきた人だ。いつものように、どこかの講演会で披露する原稿を、わたしに読ませようとしているのだろう。家事や子育てに対する不満があるなら直接言えばいいのに、遠回しに伝えようとする汚い手段だ。あなたのことを書いているんじゃないのよ、とお決まりの前置きがなかったのは、単に、言い忘れただけだと思っていた。

仕方なく、洗濯日和の午前の柔らかい日差しの中、取りあえず、わたしたち夫婦専用となっている洋室で、温かい紅茶の入ったカップを片手に、原稿用紙に目を通してみた。

なんだこりゃ、と思わず声に出してしまった。

義母が物申したい相手は、わたしではなく、女優の藤吉弓香だったのだ。いや、女優のではない。友人を鬱病に追い込み、交通事故死させた、その娘である藤吉弓香だ。

弓香の母親、藤吉佳香さんがまだ事故に遭う前から、義母はテレビで弓香の毒親発言を耳にするたびに、どうして人さまの前で自分の親の悪口を言えるかね、と眉を顰めていた。

――名前も出したくない相手だけど、世の中にはもっと酷い親がいる。なのに、教師になれとか、本を読めとか、友だちを選べとか、男の子と夜遅くまで遊ぶなとか、そんなことを言ったっていうだけで、束縛しているだの、支配しているだの、あの子も、テレビも、いったい何をしたいんだろうね。あれだけ謙虚で、一生懸命がんばってきた人が悪者にされるんだから、私だって、いつそうされたっておかしくない世の中だよ。まあ、うちの身内には有名人はいないから、こんな大袈裟なことにはならないだろうけど。佳香さん、思いつめて自殺でもしちゃったらどうしよう。

視線はテレビに向いているけど、わたしに向かって言っているのだろうな、とは感じていた。義母はわたしと弓香が同級生で、同窓会の連絡をメールで取り合っていることを知っていた。まだ、弓香が毒親発言をする前、夕飯時に一緒に見ていたクイズ番組が終了した後、準優勝おめでとうってメールを送ったら？　と嬉しそうに言ってきたことがある。あの頃は、義母も弓香の芸能活動を応援していた。

――弓香ちゃんは本当に親孝行だわ。佳香さんも苦労が報われたわね。

そう言われるたびに、はいはい凡人で悪うございましたね、と胸の内で毒づいていたものだ。お義姉さんだって、キャビン・アテンダントとして活躍しているじゃないですか。こう返せば喜ぶとわかっていたから、絶対に口にしなかった。わたしのことを一度も褒めたことがない人に、どうしてこちらからだけ気持ちよくなる言葉をかけてやらなきゃならないのだ。

それでも、ある時、義母が来客に自慢げに話しているのを聞いたことがある。

――うちの理穂《りほ》ちゃんはね、藤吉弓香の親友で、今でもメールのやりとりをしているのよ。弓香ちゃんもこんな田舎町には帰ってきたくないだろうし、同級生と連絡を取るのも面倒だろうけど、理穂ちゃんがうまく繋いでくれているんだって、みんなから信頼されているの。見た目は頼りないお嬢さんみたいだけど、あれで、芯はしっかりしているのよ。まあ、それにいち早く気付いたのがうちの翔也《しようや》ってことになるんだろうけど……。

結局は息子自慢になるのだけど、それでも、嬉しかったのに。弓香がテレビで毒親発言をし始めてからは、義母から、弓香と仲が良いことを確認されたり、メールのやりとりはまだ続けているのかと訊かれたりするごとに、わたしから弓香に注意しろと遠回しに言われているのではないかと感じるようになっていった。

だから、はっきりと伝えたのだ。わたしはもう弓香とは連絡を取っていない、と。

一度断られた同窓会への出席を再度促すメールを送り、何度かやりとりをしたものの、その直後から、メールも電話も通じなくなった。鬱陶しがられてわたしだけが着信拒否されたのかもしれない、と思っていた。こっちだって、そこまで同窓会に来てほしかったわけじゃないのに、と少しムカつきはしたけれど、今から思えば、毒親暴露をすることにしたので、母親からの連絡を絶つために、電話番号やアドレスを変更したのではないだろうか。

なのに、つい一週間ほど前、突然、弓香から電話がかかってきた。どうしても一度会いたいのだと言う。

もしや、弓香の見方を少しばかり変えることになってしまった記事の出所がバレてしまったのではないか、と焦り、子どもを理由に会いに行けないことを主張したのだけど、弓香はあきらめず、隣町まで行くから、車で往復する一時間と話をする一時間、計二時間をどうにか作ってもらえないか、と食い下がってきた。

それでも渋っていると、夜眠れないとか、おかしくなりそう、などと電話越しにもヒステリックな様子が伝わってくるような、甲高く、息継ぎのタイミングがおかしい、胸がザワザワするような声を上げてきた。そして、それらの喚き声はだんだんと力ない泣き声へと変わり、最後はポツリとこうつぶやいたのだ。

――私の気持ちを解ってくれるのは、理穂しかいない。

弓香を親友だと思ったことは一度もない。それどころか、顔を見るのも嫌だった時期もある。

それでも、記憶を遡り、一番仲の良かった中学生の頃を思い出すと、なんだか可哀そうにも思えてきた。

わたしを責めるために会いたいと言っているのではなさそうだ。

二人で会うことを了承し、できれば人目につかないところで、と言われ、旦那の友人が経営する隣町にある古民家民宿の一室を借りることにした。

弓香はわたしと何を話したいのだろう。気になりはするが、娘の志乃《しの》を義母に託し、今こうして自分で運転して隣町に向かっているのは、友人の話を聞くためではなく、会うことを拒んでいるうちに相手が万が一にも自殺などしてしまったら寝覚めが悪い、などと縁起の悪いことをわずかにでも想像してしまったからかもしれない。

たとえ、弓香がそんな繊細な子ではないと解っていても。


まず、私と藤吉佳香さんの関係を書きたいと思います。

私は地元の女子大を卒業後、市役所に勤務しました。福祉課の窓口係で、保育所の受付などを担当していました。

待機児童という言葉をテレビでよく耳にしますが、いつも都会の問題のように取り上げられていることに違和感を覚えます。待機児童は田舎町にもたくさんいるのです。

まず、保育所の数が少ない。定員を増やしてほしい、新しい保育所を作ってほしい、という若い母親たちの声は年々増大していくのに、市はまったく対応しようとしません。年寄りの男性ばかりの議員たちの言い分は、祖父母に頼めばいい、というものでした。同様の要望で、公園を作ってほしい、というものがありますが、これに対しては、自然豊かなこの土地に公園など必要ない、野山をかけまわればいい、と答えます。

まったくいつの時代で思考を止めてしまっているのか。姑に子どもを預けなければならない肩身の狭さなど、男性に解るはずもないし、選挙時には、工場の誘致を、などと声高に叫んでいるくせに、余所の土地から移り住んできている人がいることなど思い付きもしないのです。

……すみません。こういった問題を訴えたいのではありませんでした。また、嫁に注意されるところでした。

保育所にせっかく入所することができても、延長保育などというサービスはなく、市内の保育所はすべて夕方五時半で終了してしまいます。私も結婚し、長女を授かると、早々に入所手続きをして、仕事を続けていましたが、何度、走って迎えに行ったことか。その上、熱が出たなどと呼び出しをしょっちゅうくらい、夫からの協力はなく、姑からの小言は積もるばかりで、結局、仕事を辞めて育児に専念することになったのです。

しかし、そうなると時間は多分にありました。初めこそ地元の友人たちと子連れで優雅に遊んでいたものの、ふと、これでいいのだろうか、と自分が社会に参加できていないような錯覚に捉われ、不安が込み上げてきたのです。

そういった思いを、友人たちも大なり小なり抱えており、託児所のようなものを作れないかと考えたのです。商店街の空き店舗を安く貸してもらえることになり、私は友人たち五人と、「ママの部屋」という託児サービスを始めました。三カ月から小学三年生までの子どもを、一時間五〇〇円で朝八時から晩の八時までの間、好きな時間に預けられる、といったほぼボランティアのような仕事です。

お金目的ではありません。そこに自分の子どもも連れてきていればいいのですから、姑のいる家にいるより、随分気分がラクでした。

「今日は遅番なので、子どもたちと私は向こうで給食のカレーを食べますから、お義母さんたちはご自由にお好きなものを作って食べてください」

なんて、また脱線です。

この「ママの部屋」をよく利用してくれたのが、佳香さんです。

彼女は学校の事務員をしていました。うちは送り迎えのサービスもしていたので、佳香さんから残業することになったのでお願いしたいと電話がかかってきた日は、夕方五時に弓香ちゃんを保育所に迎えに行き、佳香さんの仕事が終わるまで預かっていました。

スタッフとその子どもたちの夕飯はカレーと決めていました。七時に食べることにしていたので、その時間に預かっている子どもたちにも、無償で振舞っていました。多くても片手で数えられるくらいだったので、わざわざお金を取るようなことではないと思っていたのです。

しかし、佳香さんは違いました。カレー代を請求してくれと言うのです。預かっていただいているだけでもありがたいのに、夕飯までタダで食べさせてもらうなんて申し訳ない、と。とはいえ、佳香さんからお金をもらってしまうと、他の方にも請求しなければなりません。もしくは、託児サービスが終わって食べる。そうなると、子どもたちは我慢できないでしょう。

それを佳香さんに伝えると、佳香さんは弓香ちゃんがカレーを食べた翌日は、必ず、皆さんで食べてください、とお菓子や果物を持ってきてくれるようになりました。これまで遠慮してしまうと、かえって佳香さんがこのサービスを受けづらくなるのではないかと思い、有難く受け取らせていただくことにしました。

佳香さんはそういう人なのです。

友だち（なんというめぐりあわせでしょう、うちの嫁なのですが）の家で夕飯をごちそうになっただけで酷く責められた、と弓香さんは涙ぐみながら訴えていましたが、それは我が子が憎いのではなく、佳香さんの性分なのです。

ただ、幼い弓香ちゃんはある時、こんなことを言っていました。

「ママのカレーはおいしくないの。お野菜が大きくて硬いから」

それはきっと、忙しくて煮込む暇がないからだと思いました。しかし、子どもに言っても通じないだろうと、こんなふうに返しました。

「お野菜をしっかり味わえるように作ってくれているんじゃないかな」

下手にごまかさず、きちんと伝えていた方がよかったのでしょうか。もちろん、このことは佳香さんには言っていません。そして、私はお迎えに来た彼女に別のことを話してしまったのです。

弓香ちゃんは、本読みが上手だ、と。

私は自分が本好きということもあり、「ママの部屋」に絵本や児童文学をたくさん置いていました。弓香ちゃんは小学校に上がる前から簡単な漢字も読めていて、他の子たちからすごいと褒められるので、得意になって読み聞かせていたのです。それは、堂々たるものでした。

弓香ちゃんが女優になって、周りの人たちは、あのおとなしそうな子が？　と驚いていましたが、私だけは、やはりな、と思ったくらいです。子どもを迎えに来たお母さんたちは、我が子がどのように過ごしていたか気になるようです。その心配を少しでも緩和するために、私たちスタッフは、その子の一番いいエピソードを話します。だから、私は佳香さんに弓香ちゃんの本読みのことを伝えたのです。

それを聞いた時の、佳香さんの嬉しそうな顔といったら。何に対しても申し訳なさそうな態度を取る佳香さんでしたが、この時はまったく謙遜せず、嬉しそうな様子でこちらが訊かないことまで話してくれました。

ご主人が亡くなっていること。ご主人は高校の国語教師だったこと。弓香ちゃんが生まれた時に、ご主人は日本文学全集と世界文学全集を記念に買ったということ。ご主人の実家にはそれらが揃っていたのに、わざわざ新品を買ったのは、弓香ちゃんが読めるようになった時、真新しい気持ちで物語に触れてほしいと思ったからだと、ご主人が弓香ちゃんの頭を撫でながら言っていたこと。

それすらも、弓香ちゃんは親をバカにするような発言をしています。佳香さんがそれらの本に手をつけなかったのは、ご主人の遺志を継いでのことだと思いますし、そもそも彼女には、読書をするような時間の余裕がなかったのではないかと思います。

「じゃあ、弓香ちゃんも将来は国語の先生になるかもしれないわね」

私は佳香さんにそう言いました。

「ええ、そうなってくれたらどんなにいいか」

佳香さんはそう答えましたが、娘に亡き夫の姿を重ねようとしていたわけではありません。佳香さんは手に職がないことを残念がっていました。学校の事務員とはいえ、佳香さんは正規の職員ではなく、一年ずつ契約する臨時職員だったからです。教員免許を持っていれば、看護婦や美容師の資格を持っていれば。

もっと、弓香にいろいろなことをさせてやれるのに、と珍しく弱音を吐いたのは、弓香ちゃんが何年生の時だったでしょうか。そんな彼女の肩に手をのせ、元気づけるように私は言いました。

「お宅には本がたくさんあるじゃないですか。宝の山ですよ」

佳香さんは消え入るような声で、ありがとう、と言い、そっと指先で目元をぬぐっていました。

親は子どもに、本を読め、と言ってはいけないのでしょうか。私が子どもの頃には、本を読めばかしこくなる、と大概の大人たちが口にしていたというのに。

将来、こういう職業に就いてみれば？　と提案してはいけないのでしょうか。親の職業を継いでほしい、と願ってはいけないのでしょうか。学校を出れば働くものだと当たり前のように考えていましたが、仕事に就くことを強要してはならないのでしょうか。

これが支配であり、毒親だというのなら、そうしない親は何と呼ばれるのですか？

聖母ですか？　では、聖母の子どもはどれほどに、立派な、正しい人間に育っているというのでしょう。

弓香さんはクイズ番組で難しい問題を次々と答えていました。特に、文学に関するものが得意な様子でした。そうできたのは、誰のおかげだと思っているのでしょうか。それとも、クイズ番組で答えている時ですら、母親に命令され、支配されていた時のことを思い出し、頭痛に耐えていたのでしょうか。

私には、そんなふうには見えませんでした。


義母が抗議文、もしくは手記、のようなものを書いたのは、一方的に悪者扱いされて死んでしまった友人の無実の罪を晴らしたいという、義母なりの正義感から生じたものだと感じた。普段、解りやすいテレビドラマを見ても同じ感想など抱いたことはないのに、こればかりは、同調できるところがあった。

弓香の母親（藤吉さんとわたしは呼んでいた）とは、弓香と友人であった中学、高校の頃には一度も会ったことはない。電話で話したことは一度だけある。弓香から聞かされる話でとても厳しい人を想像しながら、おそるおそる電話をかけたけれど、受話器の向こうからは優しい声が聞こえ、名乗ると、いつも弓香と仲良くしてくれてありがとうね、とまで言ってくれた。

この人が弓香の母親だったのか、と姿を認識したのは、結婚してからだ。娘の志乃を連れて、義母と家の近所のスーパーに買い物に行くと、細身の優しそうな人が義母に挨拶をしてきた。まったく関心を持てないまま、二人の会話に聞き耳も立てずに志乃をあやしていると、あら、まあ、そうなの？　と義母がはしゃいだ声でわたしを振り返り、理穂ちゃんは弓香ちゃんと親友だったなんて、と言いながら、目の前にいる女性が弓香の母親であることを教えてくれたのだ。

以来、義母がいない時も、町なか、特にスーパーが多いけれど、藤吉さんはわたしに気付くと声をかけてきてくれた。それどころか、わたしと志乃を見つけるとお菓子を買ってから、声をかけて志乃にそれを差し出してくれることもよくあった。こちらが申し訳なさそうにすると、お義母さんには本当によくしてもらったから、志乃ちゃんにお返しをさせて、と柔らかい笑顔で志乃に微笑みかけ、可愛いわね、と褒めてくれていた。

この人がいるから帰りたくない、という弓香の言葉と目の前の人物が重なり合うことはなかった。それでも、母親とのあいだには、娘にしか解らないささくれのようなものが存在することは自分でも感じていたことがあるので、弓香を否定する気にもなれなかったのだけれど……。

弓香はテレビで母親を否定する言葉を放つ際、それを受けた母親がどんな表情になるのか、まったく想像しなかったのだろうか。

義母は抗議文をネットで公表したいとわたしに言った。わたしが個人ブログをやっていることを知っているからだ。それ以外に、ネット上に意見を載せる術を思い付かなかったのかもしれない。ネットに公表すれば、日本中の人たちに真実を伝えることができる、と考えたところまではいい。しかし、わたしの読書感想文や近所のカフェの感想を書いたブログなど、どれほどの閲覧数もない。世に問いかける効果などゼロに等しいのだ。

だからといって、あきらめるのは泣き寝入りに等しい。が、広い世間に意見を発信する方法がゼロというわけではなかった。

わたしは財布の中にポイントカードなどと一緒に詰め込んでいた名刺のことを思い出した。弓香が毒親発言をしていた頃、藤吉さんの取材、というよりは下衆な噂話を集めにきた週刊誌の記者が、町の誰かからわたしが弓香の友人だということを聞きつけ、家にやってきた時に差し出したものだった。

帰れ、と第一声で言えればよかったのだけど、相手もそうならないように、つまらない天気の話とか町の印象などを半笑いでダラダラと話し出し、こちらに怒るタイミングを作らせないようにしながら、本題へと導こうとしていた。それでも、藤吉さんに関しては、優しい方ですよ、と繰り返しただけだ。それがおもしろくなかったのだろう。記者は突然、変化球を投げてきた。

――ところで、親友も毒親に支配されていた、という話を藤吉弓香さんは何度かされてますけど、それはもしかして野上《のがみ》さんのことでは?

激昂は肯定のサインになってしまう。それでも込み上げてくるものを抑えることはできなかった。

――わたしの母は毒親なんかじゃありません!

そう言って、ひょろ長い記者の胸の辺りを両手で突いて玄関の外に出し、音を立ててドアを閉めた。

あんなヤツ顔も見たくない、と思いながらも、あんなヤツが記事を書いている週刊誌は毎週、新聞広告に大きく載っていて、大袈裟におもしろおかしく書かれた記事の見出しをつい読んでしまう。藤吉さんの汚名を払拭できる場所はここしかない、と柔らかな笑顔を思い浮かべながら、名刺に記載されていたメールアドレスに、読んでもらいたいものがあるということを書き込んで送った。

とはいえ、義母の書いたものは八割方、ＣＡになった娘の自慢話、いや、娘をＣＡにした自分を讃える内容で、あの記者が興味を持つとは思えなかった。なので、手直しをした上で、追記をしてもらうことにした。

まずは、お義母さんと藤吉さんの関係を書いた方が内容に信憑性が出ると思います。そして、抽象的な表現をするのではなく、弓香さんが毒親として挙げている具体例に反論できるエピソードを知っているなら、それを書くのが一番いいのではないでしょうか。

弓香さんの悪口を書いてしまっては、ただの泥仕合です。藤吉さんの毒親という印象を払拭するために、母親としてがんばっていたことを、母親としての目線で書けば、同じような立場の人から賛同を得られるはずです。

だって、弓香さんは「母親」の気持ちは解らないのですから。

藤吉さんに代わって、お義母さんが弓香さんに母親の本心を気付かせてあげる。そんな気持ちで書いてみてください。それができるのは、お義母さんしかいません。

親の決めた相手と結婚したくない、という理由だけで、人のいい息子をたぶらかして駆け落ちまがいのことをし、恥をかかされた。わたしにその思いを抱き続けていた義母と、初めて心の中で握手できたのだから、弓香には感謝しなければならないところもある。

民宿の目印である赤い実をつけた南天の大木が見えてきた。


『藤吉弓香、「毒親」語りは売名のため？　母親の葬儀の席で「ザ・マ・ア・ミ・ロ」』

『深夜に帰宅した娘を叱ったら「毒親」認定？　母親たちの悲痛な叫び』

『地元住民は口を揃えて、藤吉さんは「聖母」のような人でした』


古民家民宿というよりは、昔遊びに行ったことがある友だちの家、といった古い木造家屋の二階の一番奥の部屋のドアをノックする。旦那の友だちである宿の主人から、お連れさまは到着しています、と聞いているので、中から開くのを待った。

ゆっくりと開いたドアの向こうに立つ弓香は、室内だというのに、ゆるく編まれたニット帽を深くかぶり、茶色いレンズの大きなサングラスをかけていた。宿の主人が、お連れさまって……、と興味津々な様子でさぐりを入れてきた理由が解った。こんな、いかにも芸能人の変装といった格好をしなくても、ノーメイクでいるだけで案外気付かれないものではないか。そこは譲れないのか、唇には明るいピンクのグロスがしっかり塗られている。

「理穂、来てくれてありがとう」

部屋に入るやいなや、弓香がわたしに抱き付いてきた。女のわたしですら一瞬からだの芯がゾワッとするようないい匂いがする。しかし、次の瞬間にはそれがものすごく気持ち悪く、弓香の両肩を押し返すようにしながら、まあ座ろう、と座椅子に促した。コートを脱いで対面に座ると、弓香も帽子とサングラスを外した。アイメイクもばっちりだ。

「コーヒーを運んでもらう?」

訊ねると、弓香は無言のまま首を横に振った。で、用件は何? と続けたいところだけど、ここは弓香の方から口を開くのを待つ。幸い、テーブルの端にポットと日本茶を淹れるセットがあったので、二人分用意した。

気が付くとわたしの手元にじっと視線を注いでいた弓香は、自分の前に湯呑が置かれるのを見届けて、顔を上げた。

「同窓会行けなくてごめんね」

「いいよ、そんなの」

弓香を同窓会に誘ったのが昨年五月の末。六月に入り、弓香が徐々に毒親発言をし始めて、『支配される娘』という本を出したのが一〇月。藤吉さんが交通事故に遭ったのが一二月の中旬。同窓会は年明けの一月三日。厄払いの祈禱を神社で受けて、皆で宴会を開いているところに、弓香に来られた方が困る。

「やっぱ、行けばよかった……」

「はあ？」

声が漏れないように慌てて口を押さえる。

「私もみんなと一緒に厄払いしてもらえば、こんなことにならなかったかもしれない」

なるほど厄年だからか、と納得しかけた自分を、そんなことで片付けられるようなことじゃないだろう、と制しながら、次の言葉を待つ。

「ねえ、犯人は誰なの？」

ドキリとした。わたしは今試されているのだろうか。ならば、絶対に弓香から目を逸らしてはならない。

「犯人、って？」

とぼけるように訊き返す。そうだ、弓香の中にあるわたしのイメージは、少し天然のふわふわした女の子のままに違いない。そのキャラクターを通せばいい。

「週刊誌に私を売った犯人よ。母は聖母のような人だったのに、私のせいで自殺したなんて言いふらしている人は、いったい誰なの？」

そう言って、弓香は両手を思い切りテーブルに叩きつけた。弓香の湯呑からお茶がこぼれる。せっかく淹れてあげたのに……。こういうところなのだ。

弓香には何も見えていない。

表情を見る限り、わたしどころか義母にすら行きついていないように思える。週刊誌には「藤吉さんを昔からよく知る地元住民」としか書かれていなかったけれど、記事を読めば、幼少期に時々預けられていた託児サービス所のスタッフの誰かかもしれないと思い至りそうなものだ。

弓香にはそんな昔の記憶などないのかもしれない。もしくは、記事の概要はマネージャーなどに知らせてもらっているものの、記事そのものは読んでいないのかもしれない。

ネットにママ友から悪口を書かれただけでも心臓がバクバクするくらいだから、もしわたしなら、自分のことが書かれている週刊誌の記事など読めないはずだ。だけど……。

弓香はまるっきり被害者気取りだ。てっきり、記事や世論を受けて、自分が母親を追い詰めたことに気付き、罪の意識にさいなまれているのではないか、と思っていたのに。

「いくら地元にいるからって、わたしにはわかんないよ。でも、弓香のお母さんがとてもいい人だったたっていう話は、いろいろなところで聞くよ」

「そりゃあ、あの人は外面はよかったもの。だけど、私が自殺に追い込んだなんて、言いがかりもいいところ。死ぬほど追い詰められる前に、テレビ局の前で待ち伏せして、私を刺し殺すはず」

「そんな……」

こちらが気付く前にお菓子を買っておいてくれるほどだった藤吉さんは、亡くなる前くらいになると、すれ違って、こちらから挨拶をしても、しばらくわたしだと気付かず、あっ、というふうにようやく認識しても、こんにちは、と作り笑いを向けて、足早に去っていっていた。

弓香は毒親発言の先には母親の怒りが待っていると想像していた。だけど、藤吉さんが抱いた感情はそれではない。怒りはエネルギーになる。東京のテレビ局に乗り込んでいけるほどのパワーを持っていたら、藤吉さんが事故に遭うことはなかったはずだ。

女優なのに、週刊誌には悪口の時ですら「演技派女優」という肩書が付いていたくらいなのに、この想像力の乏しさは何なのだろう。

弓香がわたしの顔を見つめている。わたしは今、どんな表情をしている?

「私が一番悔しいのは、お母さんの死を一番悲しんでいるのは、たった一人の身内の私なのに、私が喜んでるって思われていること。それだけでも耐えられないのに、私が自殺に追い込んだなんて。警察だって、交通事故だって言ってたでしょう」

「悲しいとは、思ってるんだ」

「当たり前じゃない。あんな人でも、母親だったんだから」

母親、と言った瞬間、弓香の目から涙が溢れ出た。女優だから瞬時に嘘泣きができるのか。本当に悲しんでいるのか。そんなことはどうでもいい。

だけど、一つだけ伝えたいことはある。

「あんな人、じゃないよ」

「えっ……」

弓香がマスカラで真っ黒になった目をこちらに向ける。今気付いたけれど、弓香の目はこんなに大きくなかったはずだ。整形など女優には当たり前のことなのだろうけど、志乃が将来整形したいなんて言い出したら、わたしは絶対に反対するはずだ。旦那に似た志乃の切れ長の日をわたしはカッコいいなと思っている。藤吉さんだって言っていた。弓香の小さい時にそっくりだ、と。

「藤吉さんは……、弓香のお母さんは毒親なんかじゃない」

「何でそんなこと理穂が」

弓香は酷い裏切りを受けたような目をわたしに向ける。

「本当の毒親を知ってるからだよ！」

「もしかして、自分の親の方が毒親だって言いたいの？」

結婚前の、ガマンを知らないわたしなら、弓香の顔にお茶をぶちまけていたかもしれない。

「テレビで勝手なこと言ってくれてるけど、わたしのママは毒親なんかじゃない」

「勝手って……。だって、理穂はママの決めた相手と結婚するのはやっぱり嫌だって、駆け落ちまでしたじゃない」

「そんなのちょっと大袈裟なマリッジブルーだよ。うちは、パパに愛人がいて、ママは気付いていたけど、問い詰めたら自分が捨てられるかもしれないから知らんぷりを通し続けていたの。味方がほしい。自分を必要としてくれる人がほしい。わたしの世話を焼いていなきゃ、まっすぐ立ってられない時期があったんだよ」

「知らなかった。でも、それだって……」

「言わないで。精一杯手をかけているフリをしながら、実は子どもに依存している母親も、専門書のページを埋めるために、毒親に分類されてるのかもしれない。わたしも弓香みたいに東京の大学行きたかったけど、家から通えるところにしてとか、ママを捨てないでなんて言われると、仕方ないってあきらめざるを得なかった」

「それが、親の犠牲になってるってことじゃない」

「そう思いたけりゃ、それでいい。でも、それはわたしが一八歳の時のことなの。こっちの短大でだって、楽しいことがいっぱいあった。卒業して、パパのツテを頼って地元で有名な建設会社に就職して、社員旅行の宴会で同期の子たちと歌を披露するために、毎日のようにカラオケに行って、家に帰るとママがお茶漬けの用意をして待ってくれてた。そのうち、ママが親戚のおばさんに頼んでお見合いの話を持ってきて、会ってみると嫌いなタイプじゃなかったから付き合い始めたんだけど、いよいよ式も間近って時になって、あっ、て気付いたの。この人、パパに似てるって」

喉を潤すために、お茶を飲む。しかし、弓香は口を挟まない。取るに足らない愚痴を聞いてやっている、というような冷めた視線がわたしの左手の薬指の指輪に注がれている。

パパに似た人と結婚したら、ママのような人生を送ってしまう。高価なもので身を包み、幸せなフリを精一杯する人生を。これは弓香には言わない。

「そんな時に、高校の同窓会があって、くじびきで決まった席で隣同士になって意気投合したのが、うちの旦那。同じクラスになったことないし、口も利いたことなかったのに、なんだかすごく楽しくて。マジメでインテリぶってるくせに愛人がいる父親とは真逆の、バカっぽいけど裏表がないところがよかったんだと思う。結婚したくない、って言ったらじゃあ逃げようって、青春18きっぷ買う人なんて、そういないでしょう」

「お母さんは？　泣かれなかったの？」

旦那のことはまったくのスルーだ。興味がないということか。その人の母親が弓香の探している犯人だというのに。

「泣いたよ。……無事、帰ってきてくれてよかった、って。結婚が嫌なら、ママに言ってくれれば断ってあげたのに、って。恥をかかされたとか、慰謝料を払わされたとか、怒ってきたのはパパだけ。で、ママがパパに言ったの。そりゃあ、あなたのような父親を見て育ったら、結婚に夢なんて抱けないでしょうよ、って。ママはわたしの味方なんだ。そう確信した。だから、一八歳の時の気持ちなんて、今はもうどうでもいいんだよ」

弓香はすっかり興ざめした様子だ。わたしだって、どうしてこんなに話の通じなそうな相手に、親の恥をさらすようなことを打ち明けているのか解らない。でも、どうしても言ってやりたいことがあるのだ。それを、頭がよければひと言で表せるのかもしれないけれど、わたしにはこんな回りくどい言い方しかできない。

「結局、幸せ自慢？　寛容なお母さんでよかったね。うちなんて、高校生の娘が一度デートしただけで平手打ち。彼氏なんて作るのが怖くなった。なのに、大学を卒業したら手のひら返したように、結婚、結婚、って娘はサイボーグか何かで、意思の切り替えスイッチでもついてるくらいにしか思ってない。幸せ、幸せ、なんて言いながら、場当たり的な欲求を押し付けてるだけじゃない」

「それは……」

もう時効のような気もするけれど、小学生の頃のエピソードまで恨み節に変えている弓香の辞書にこの言葉はない。弓香がデートして怒られたのは、わたしのせいだ。いや、そもそも悪いのは弓香の方だ。

高校二年生の時だったか、弓香はわたしにテストの点数を競おうと持ちかけてきた。これをわたしが母親に支配されていたエピソードとしてテレビで話しているのを見た時には、息が止まってひっくりかえりそうになった。

ママから勉強のことを厳しく言われたことはないけれど、その理由が、自分と子どもが同じであってほしいと願うから、なんて。そもそも、ママはお嬢様短大卒だけど、バカってわけじゃない。中学生になっても宿題をみてくれていたのだから、今思えば、たいしたもんだと思う。わたしは今、因数分解を解いてみろと言われたら、完全にアウトだ。

わたしが勝負を受けたのは、弓香がわたしをバカだと思っていることに気付いていたからだ。テストを見せ合ったことがあるわけじゃない。自分が勝手に作り上げていたイメージで、わたしをバカ認定していたのが悔しくて、見返してやろうと、その回のテストはかなりがんばって挑んだのだ。

弓香の推測通り、負けた場合、好きな人に告白しなければならない、という罰ゲームはそれほど嫌ではなかった。同じクラスに好きな子がいて、彼も自分に好意を寄せてくれているんじゃないか、と思っていたからだ。テストで勝っても、じゃあわたしも一緒に告白するかな、なんて言おうかとも考えていた。

しかし、負けた弓香はわたしが好きな子に告白をした。弓香に告白されて、嬉しくない男子なんていない。前から同じ子を好きだったのなら仕方がない。でも、明らかにわたしに対する腹いせだった。理穂も〇〇くんに告白すればいいのに、と見当違いな子の名前を挙げ、意地悪そうな笑みを浮かべて両思いになったことを報告してきた。だから、弓香と距離をおくことにした。ママに弓香と付き合うなと言われたんじゃない。わたしが弓香を嫌いになったから、友だちをやめたのだ。

そして、二人がデートの約束をしているのを聞きつけ、わざとその日の夕方、弓香の家に電話をかけた。そして、弓香が、頭が悪く、女なら誰でもいいと思っているような軽薄な男子と付き合っているということを、さも心配そうに、彼女のお母さん、当時はその姿も知らなかった藤吉さんに伝えたのだ。

無言のわたしが何を考えていると、弓香は思っているのだろう。来るんじゃなかった、というふうに大袈裟なため息をつかれた。

「じゃあ、本物の毒親って、誰のことなの」

「誰かは言わない。だけど、その人は娘に体を売らせたお金で、朝から晩まで飲んだくれてた。娘は誰の子かも解らない赤ちゃんを妊娠して、堕胎して、高校に行かせてもらえないどころか、中学にもろくに通うことができなかった。……でも、そういう親を引き合いに出して、それよりマシだから弓香のお母さんは毒親じゃない、って言いたいんじゃない」

「言ってるでしょ。極論を挙げて、この人は毒親、この人は毒親じゃないって、誰が線引きするの。このレベルに達しない人は声を上げちゃいけない、なんてルールが存在するとしたら、苦しんでいる大半の人たちは我慢しなきゃいけないってことじゃない」

もう、何を言っても弓香に通じる気がしない。きっと、この人は根の部分では苦しんでいないのだ。女優としての人気が下がったり、役に恵まれなかったりと、人生が上手くいかないと感じる時だけ母親のせいにして、苦しんでいるフリをして、ダメな原因はすべて自分の外にあるのだと、無意識のうちに自分に思い込ませようとしているのだ。

「あのさ、もしまだ時間があったら、お墓まいりに行かない?」

弓香のことなどほうっておけばいいのに、わたしはどうしてこんな提案をしているのだろう。

弓香は眉を顰めた。

「うちの母親の?」

「ううん」

藤吉さんのお墓はどこにあるのかすら知らない。葬儀は弓香の芸能事務所がいっさいを取り仕切り、家族葬が行われたと聞いたけれど、それが地元で行われたのか、東京なのかも解らない。線香すらあげさせてもらうことができない、と義母も愚痴をこぼしていた。

「やっぱ……」

「いや、連れていって。マリアでしょう?」

やめておこうと言いかけたところで、弓香は気付いたようだ。だけど、弓香を誘ったのは、墓前で、卵焼きを一緒に食べられなくてごめんね、などと言わせるためではない。

「ねえ、もしかして今の毒親の話って、マリアの……」

弓香は悲しそうに顔を歪めた。一時でもマリアと深くかかわっていたのなら、もっと早くに気付いてもよさそうなものを。同情も、理解もしようとせず、ドラマの中といった、自分とは別世界の人の話のように受け止め、心を寄り添わせることを拒否したあとで、何をさも気の毒そうな顔をしているのだ。

バカじゃないの、という言葉をため息に変え、無言で立ち上がり、コートに袖を通した。

『危険を回避し、安全な道に子どもを導いてやることも、親の役割ではないかと私は思うのです。（五〇代　女性　子ども三人）』
『子どもの友人が、万引きや薬物を勧めるような相手だと解っても、あの子と付き合ってはいけないと言ってはいけないのでしょうか？　（三〇代　女性　子ども一人）』
『子どもは親に守られていたことを、自らが親にならなければ気付けないのではないかと思う。（四〇代　男性）』

民宿を出る際、弓香はまた帽子を深くかぶり、サングラスをかけたが、町の外れの市営墓地にわたしたち以外の人の姿はなく、墓前に到着すると弓香はサングラスを外した。少し意外そうな顔で、墓石に供えられたほとんど色あせしていない白い菊を眺めている。もっと寂れたお墓を想像していたのかもしれない。

「マリアの婚約者が月命日ごとに来ているらしいからね」

問われていないけれど、答えてみる。弓香は婚約者という言葉に眉を動かし、何やら考え事をするように、視線を足元に落とした。きっと、民宿で聞いた毒親のエピソードから連想するマリアと、月命日に白菊を供えてくれる婚約者が結びつかないのだろう。

「マリアはがんばったんだよ。母親から酷い目に遭わされていることを表に出さず、明るくふるまってた」

「どうして、理穂がそんなことを知ってるの？」

「わたしたちが高二になった年から、マリアはうちの父親の会社で事務員として働いていたから」

中学もろくに行っていないマリアを、父親が採用した理由は、深く考えないようにしている。娘の同級生に同情したのだろうと思うことにしている。

「幸い……、マリアはどう思ってたか知らないけど、わたしは幸いだと思ってる。マリアのお母さんは男をつくって出ていって。マリアはマジメに働いて、ちゃんと自立した生活を送ってた」

「知っていたなら、教えてくれればよかったのに。私、マリアのことずっと気にしてたんだから」

本当にそうだろうか。

「それに、マリアが亡くなったって連絡してくれた時、どうして、私は花を送らない方がいいなんて言ったの？　もしかして、マリアが私のことずっと恨んでたから？　ねえ、そうなんでしょう？　何を言われても平気だから、本当のことを教えて？　マリアから、私に裏切られたこと、理穂は聞いていたんじゃないの？」

弓香をここに連れてきたことを後悔する。なぜ、気付かない。気付こうとしない。

「マリアはそんな子じゃない！　わたしが社会人になって、弓香の話はマリアと一度だけしたことがある。女優になってすごいよね。みんなが弓香の演技の上手さに気付いて、いつか絶対に日本を代表するような女優になると思う、って言ってた。マリアが悪口言ってるのなんて聞いたことがない。わたしが受け止められる器じゃないって思われてたのかもしれないけど、あんなに酷い母親の悪口だって聞いたことがない。あんな酷いことされたのに……、婚約者宛の遺書にはお母さんを許してあげてほしい、って」

「マリアはどうして、自殺を？」

「マリアはずっとマジメに働いていた。あんな、きれいな子だもん。すごくモテたけど、みんな断ってた。でも、三年前くらいから会社に出入りしている銀行の営業さんの猛アプローチがあって、付き合うことになって、婚約祝いに私も誘われて、一緒に飲みに行ったし、相手の人から、マリアが結婚式をしたくないって言ってるから説得してほしいって頼まれたりもしていた。で、二人きりでハワイで式を挙げることになってたのに……」

バッグからハンカチを取り出した。涙をぬぐう。弓香の目が早く続きを話せと急かしている。自分の涙は美しく、他人の涙はただ興ざめするだけのもの。

ない。


「お母さんが帰ってきた」

娘が銀行員と婚約したことを聞きつけたのではないかと思う。誰から伝わったのかも考えたくない。

「お母さんは婚約者にお金を無心した。だけど、婚約者はそれをつっぱねただけでなく、マリアと縁を切るように迫った。逆ギレしたお母さんは、中学生の頃からマリアが体を売っていたこと、幾度かの堕胎が原因で、マリアは子どもを産めない体になったことを、婚約者の勤務する銀行のロビーで言いふらした」

「酷い……」

「婚約者は子どもを産めないことはマリアから聞かされていたけど、体を売って……、いや、売らされていたことは知らなかった。わたしもマリアのお母さんがそうやって生きていたことは、なんとなく、大人たちの噂話で感じていたけど、まさか、マリアまでさせられていたとは、思ってもなかった。何にも知らずに、マリアと普通の同級生のように接してた自分が情けなかった。だけど、真実を知って、マリアを軽蔑したりはしなかった。ただただ、マリアが可哀そうだった。可哀そうだと思うことが、見下しているということになって差別に繋がる、なんてえらそうなことを言う人がいる。だけど、可哀そうって思うものは仕方ないじゃん。でも、思うだけで、助けることはできなかった」

「婚約者は？　マリアが傷ついても、彼が受け止めてくれたら、自殺することはなかったんじゃないの？」

ほら、正論が出た。昼ドラのワンシーンのような大袈裟な口調で、解りやすい人を悪者に仕立て上げようとしている。

「それ、自分なら受け止められる覚悟があって言ってんの？　自分が、マリアの立場でも婚約者の立場でも、まっすぐ立っていられる想像しながら言ってんの？」

「それは……」

婚約者は、自分は過去のことなど気にしないとマリアに伝えたのに、と慎ましやかな葬儀の席で、涙でぐちゃぐちゃになった顔をさらにゆがめ、声を絞り出すようにしながら、誰にともなく訴えていた。それが事実なのかどうかは解らないし、そもそも、糾弾されなければならないのは、婚約者ではない。

糾弾されるべき人物が同じ席で婚約者にかけた言葉は、香典はこっちのもんだよね、だった。

マリアの葬儀以降、わたしも、わたしの知る町の人たちも、マリアの母親の姿は見ていない。どこかで死んでいたらいいのに、とうっかり誰かが口にしても、不謹慎だと注意する人はいなかった。

「民宿で、極論に値する人以外は声を上げちゃいけないのか、って弓香言ってたよね。わたしはいけないと思う。毒親に支配されている人を、海で溺れている人にたとえて考えてみてよ。マリアはかなり沖で激しい波に飲み込まれて、息も絶え絶えに苦しんでいる。弓香は、浅瀬でばしゃばしゃもがいているだけ。本当に溺れていると思い込んでいるんだろうけど、ほんの少し冷静になれば、足が届くことが解るのに、気付こうともしない。先に助けなきゃいけないのはどっち？

なのに、浅瀬の弓香が助けて助けてって大騒ぎしていると、本当に大変な人が溺れていることに気付いてもらえない。それどころか、せっかく海に目を向けて、助けに来てくれる人がいたとしても、浅瀬の弓香が大騒ぎしていたら、くだらないことで大騒ぎしてるだけじゃん、って愛想をつかして帰ってしまうかもしれない。その向こうで本当に溺れている人がいることに気付かないまま。迷惑なんだよ」

「すっきりした？」

弓香はわたしの顔を正面から見据えた。怒っている。怖くない。ただ、可哀そうだと感じる。口角だけをぐいとあげた笑顔もどきで弓香が訊ねる。何を言っているのだ、と答える気にもなれない。

「女優になった私を応援してるとか言いながら、本当は妬んでいたんでしょう？　こんなことになって、ざまあみやがれって思ってるんでしょう？　さらに追い打ちをかけて、評論家にでもなったつもりで、さぞ気持ちいいんでしょうね。溺れてるとか、バカみたい」

弓香は引き返せないのだ。大切なことに気付けても、母親はもう帰ってこないのだから。

「それで、いいよ」

「開き直ってるつもり？」

「弓香がそう思いたいなら、それでいい。弓香にお花を送らない方がいいって言ったのは、マリアのお母さんが、娘に芸能人の知り合いがいることを知ったら、たかりに行くかもしれないって思ったから。弓香がお金を渡さなかったら、テレビ局にでも乗り込んで、あることないこと喚き散らすんじゃないかと思ったから。親友とは思ってないけど、地元の同級生として、弓香を守らなきゃやって思ったんだよ」

「えっ……」

「でも、もういい。弓香は自分の思いたいように思えばいい。好きにすればいいよ。わたしはもう、あんたとはいっさいかかわらない。今日は本当に無駄な時間を過ごしたと思う。でも、一つ、これだけはがんばろうって思えることができた」

弓香は何も答えない。謝ろうか、このまま強気を装っていようか、そう迷っているように見えるけれど、勝手にすればいい。

「娘が……、志乃があんたのような、毒娘にならないように育てる」

名前を口にすると、無性に志乃に会いたくなった。ただ、ギュッと抱きしめたい。

心の中でマリアにまた来るねと告げ、弓香に背を向ける。一歩、二歩と足を進める。頭の中のリズムと歩調が合わず、転びそうになりながら、だんだん駆け足となっていく。目の前は下りの階段だと認識しているのに、平らな場所でひょいと足をすくわれたような錯覚を起こし、お尻を三段分こすってしゃがみ込む。

痛い。じわじわと痛みが広がっていくにつれて、腹の底から熱いものが込み上げてきた。叫びたい、意味もなくただ叫びたい。誰に、誰に、誰に……。

ママ、助けて。志乃、助けて。

自分が母なのか娘なのか、解らない。

『あの日、遠目に、藤吉弓香さんのお母さんが横断歩道のところに立っているのが見えました。少し前までは常にまっすぐ伸びていた背筋が、丸く曲がっていて、視線は足元にありました。でも、そのまま一歩を踏み出したのではありません。顔を上げ、視線の先には赤信号がありました。それから、首を右に向けたので、トラックが来ているのも認識していたはずです。にもかかわらず、最後の気力をふりしぼるかのように、勢いを付けて、体を前に放り出すように飛び出していったのです。あっ、と思った時には間に合いませんでした。藤吉さんの自殺を見過ごしたと思われるのが怖くて、警察には言えませんでしたが、どこかで懺悔したいと思っていました。（地元住民）』

ひりひりと痛む箇所になるべく体重をかけないようにしながら運転席に座り、車を発進させた。弓香を駅まで送ってやった方がよかったか、と気持ち程度にバックミラーを覗いてみたけれど、そこに彼女の姿が映っているはずもなく、車をゆっくり加速させた。タクシーでも呼べばいいのだ。

涙が流れた筋が乾燥して、頬に粉が吹いたような不快さを感じる。右手でハンドルをギュッと握りしめ、左手の甲で両方の頬をぐいとぬぐった。

そもそも、わたしはどうして泣いているんだ？　わたし自身が泣かなければならない辛いことなど何もない。

弓香には過去の出来事だと言い切ったけれど、わたしの中にもまだ、ママに対するくすぶった思いが残っていたのかもしれない。弓香にぶつけていた言葉は、おそらく、自分に再認識させたかったことだ。

とはいえ、わたしはとっくに毒親の海からは遠ざかっている。

同窓会の連絡をするために、久々に弓香にメールを送ったら、一〇代の頃とまったく変わらない様子で、母親との関係を嘆く返信があった。バカだな、と思った。でも、これは微笑ましい意味合いでだ。

所謂、独身の同級生が「相変わらず一人でふらふらしています。理穂はがんばって奥さんして、お母さんして、えらいよね。ダメダメな私、見習わなきゃ！」と年賀状に一筆書いてくるのと同じレベルの、戯言にしか聞こえなかったのだから。

直接、電話で話してみようかと思った。二人が好きだったマンガ家が一〇年ぶりに新刊を出した話をして、でも、マンガなんか買ってたら怒られるかな、などとおどけて言って、自分の子どもの自慢話しかしない義母の愚痴でもぶちまけてみようか、と。

しかし、そこにママから電話が入り、マリアの訃報を聞いた。

多分、わたしが弓香に伝えたかったのは、マリアの可哀そうな話ではない。もっと単純に、笑いながら言えること。

——母親のことを面倒だなと思っていても、姑よりはマシ。嘘だと思うなら、弓香も結婚してみればいい。同居なんてしたら、遅くとも一週間以内には、お母さんはとてもいい人だったんだなって思うようになるはずだから。たくさんの人がそうやって、娘を卒業して、母親になるんだよ。

志乃の幼稚園にも、一緒に遊ばせたくないと思う子はいる。小学校に子どもたちだけで通うなど、想像しただけでも恐ろしい。宿題をみてやり、時間割まで一緒にして、ノートを一冊忘れていることに気付けば、走って学校まで届けにいくはずだ。学校行事では、最前列に陣取りビデオ撮影をする。参観日は誰よりもオシャレな格好をする。

すべてママがやっていたことだ。志乃は嫌がるかもしれない。だけど、わたしはへこたれず、いつか解ってくれる日がくるはずだからと、自分の信じた行動を取る。

これが毒親なら、それでいい。どうせ、一〇年後には消えているだろう呼び名だ。

そう弓香に伝えられていたとしても、何も変わらなかったんじゃないかとは思うけど……。

どういうわけか、義母の顔が頭の中に広がってくる。ああ、あの人と思い切り弓香の悪口を言いたい、と思った瞬間、笑えてきた。バカじゃないの、と自分につぶやく。

バカじゃないの。

母とか、娘とか——。

初出

マイディアレスト（「蚤取り」改題）　「宝石 ザ ミステリー2」（二〇一二年十二月）
ベストフレンド　「宝石 ザ ミステリー3」（二〇一三年十二月）
罪深き女　「宝石 ザ ミステリー2014夏」（二〇一四年八月）
優しい人　「宝石 ザ ミステリー2014冬」（二〇一四年十二月）
ポイズンドーター（「ポイズン・ドーター」改題）　「宝石 ザ ミステリー2016」（二〇一五年十二月）
ホーリーマザー　書下ろし

湊かなえ（みなと・かなえ）

1973年広島県生まれ。2007年、「聖職者」で第29回小説推理新人賞を受賞。'08年、受賞作を収録した『告白』でデビュー。同作で'09年、第6回本屋大賞を受賞。'12年、「望郷、海の星」で第65回日本推理作家協会賞短編部門を受賞。他の著書に『少女』『贖罪』『Nのために』『夜行観覧車』『白ゆき姫殺人事件』『母性』『望郷』『高校入試』『豆の上で眠る』『山女日記』『物語のおわり』『絶唱』『リバース』『ユートピア』など。

ポイズンドーター・ホーリーマザー

2016年5月20日　初版1刷発行
2016年7月15日　　　2刷発行

著　者　湊《みなと》かなえ
発行者　鈴木広和
発行所　株式会社 光文社
〒112-8011　東京都文京区音羽1-16-6
電話　編　集　部　03-5395-8254
　　　書籍販売部　03-5395-8116
　　　業　務　部　03-5395-8125
URL　光　文　社　http://www.kobunsha.com/

組　版　萩原印刷
印刷所　萩原印刷
製本所　ナショナル製本

落丁・乱丁本は業務部へご連絡くだされば、お取り替えいたします。

ISBN978-4-334-91094-5